... et me voici toute nue devant vous.

ÉDITION DU CLUB QUÉBEC LOISIRS INC.

© Avec l'autorisation des éditions internationales Alain Stanké

Dépôt légal — Bibliothèque nationale du Québec, 1992

ISBN 2-89430-049-2

(publié précédemment sous ISBN 2-7604-0401-3)

MARIE DUMAIS

... et me voici toute nue devant vous.

Note de la directrice
de collection

Il faut de l'aplomb, de l'ancrage, de l'intrépidité à une femme pour vivre sans amarres, sans frime, sans repères, sans retenue un tel ravissement des sens. Il faut de la révolte, de la rage, de la haine, de la souffrance pour vouloir être une pute juste pour faire honte à sa mère!

Flo, l'héroïne, est une femme sans âge. Adulte lorsqu'elle s'abandonne à son enfant intérieur. Femme lorsqu'elle ouvre ses jambes, son sexe, son corps, son avidité au désir de l'homme. Flo est seule. Sans affection ni compassion pour sa sœur. Sans amitié de femme. Sans cámaraderie masculine. Sans ailleurs. Sans Présence intérieure. Sans infini. Seule dans un ici et maintenant brutal, suprême et crucial. Dans un abandon entier à la sensualité qui offre et réclame un plein dû assidu et total: l'extase en partage.

Comment aurais-je pu moi, femme et éditeur, augmenter la collection Parcours d'une dimension encore inédite, celle précieuse et délicieuse de l'érotisme féminin, si je n'acceptais pas qu'elle prenne la forme romanesque? Comment mieux aborder les sources, les élans, les gestes de la sexualité s'ils n'étaient en action dans un contexte vivant?

Le très beau livre de Marie Dumais prend ici naturellement sa place. Son héroïne nous ébranle, fait frémir sans notre consentement nos désirs et nos peurs qui leur font obstacle. Pour que la sexualité éclate, elle a besoin de laisser surgir ses contreparties. Tout comme on a, pour pouvoir rire, besoin de pouvoir pleurer, la sensualité prime et la sexualité ose si la violence de vie qui les déclenche n'est pas retenue. Mais ce n'est pas un mode d'être tranquille. Le grand écart est réussi lorsque l'on courbe nos opposés pour répondre aux valeurs de notre humanité.

Flo trouvera son maître. James. L'homme en maîtrise de ses polarités, assez sûr et mûr pour savoir et vouloir s'engager.

Cette relation sera une initiation pour Flo. Elle rejouera ses cartes pour résister aux pertes qu'oblige une continuité amoureuse. Aucune structure affective, aucun attachement, surtout pas celui négatif avec sa mère, n'aura inhibé jusque-là la poursuite de son ravissement sexuel. Elle va peut-être apprendre qu'elle cherche en l'homme, en l'acte sexuel, l'extase transcendante, substitut de la fusion initiale morte avant d'avoir été vécue.

Lorsqu'elle sera nourrie par un lien consenti, que fera-t-elle de sa quête de volupté?

Josette Ghedin Stanké

6

*L*e temps.

J'aime avoir le temps quand je fais l'amour. J'aime étirer le plaisir des heures et des heures durant.

J'aime remettre à plus tard ce qui peut être fait maintenant.

Québec. Juillet 1968. Il fait chaud. Nous sommes en pleine canicule. Voilà plus de quatre jours maintenant que l'air dense, compact, qui s'est ramassé en un bloc bleuté oppresse la ville fortifiée et qu'une moiteur tout exotique embaume ses pavés, ses jardins et ses femmes. Même le fleuve, qui depuis des temps immémoriaux balaie le Cap de ses capricieuses sautes de vent, n'a plus un souffle à offrir. Non. Aucun souffle de vent ne viendra plus la délivrer de l'exquise somnolence à laquelle elle n'a su résister. Abandonnée sur ses hauteurs, la ville assiégée est sur le point d'abdiquer pour que les chaleurs toutes sensuelles qui l'alanguissent lui fassent enfin perdre la tête.

Rue Sainte-Ursule. Une minuscule chambre sous les combles. Elle aussi a l'air de s'être repliée sur elle-même sous le poids de la toiture de tôle grise, aujourd'hui brûlante, presque incandescente. On s'y sent au rétréci. Un cocon.

Un lit, une table, deux chaises, un frigo et une fenêtre pour laisser entrer la lune. C'est ici que j'ai invité P. à vivre les prochaines heures avec une seule idée en tête: chercher le plaisir et le trouver, jusqu'à l'épuisement, pour recommencer. Ce sera la fête du corps, l'émerveillement sans cesse renouvelé. Découvrir ses fantasmes, ses envies jusqu'à l'indécence. Se donner, s'offrir et prendre goulûment jusqu'à trop plein.

Debout au beau milieu de la chambre, P. me déshabille en silence. Mais je devine déjà toutes les histoires qui lui passent par la tête. Maintenant, par exemple, je sais qu'il pense à mes seins. Quel fabuleux mystère que celui qui entoure les seins des femmes! Mes seins: de la chair à l'état pur, somptueuse, diaphane, exquisément délicieuse, expressément faite pour le plaisir. Un cadeau venu des cieux! Il les connaît si bien. Depuis six mois qu'il est mon amant, il les a vénérés des centaines de fois, avec les mains, les doigts, les yeux, les lèvres, la langue. Il les a voluptueusement enduits d'huile de jasmin; habillés, déshabillés avec des mots jolis, indécents, provocants, gourmands. Il s'y est blotti comme un enfant; s'y est perdu comme un amant. Il s'y est noyé comme un mâle en manque de femme; s'y est échoué comme un coupeur de têtes au matin de son ultime razzia. Comme si ces seins-là étaient sa bouée de sauvetage, sa survie, sa nécessité. Comme si sur cette peau blanche, douce, ronde et si résolument audacieuse, il retrouvait, chaque fois, l'essentiel. C'est là que tout commence, que le plaisir naît dans des zones encore souterraines, et que tout finira quand, après avoir pris et donné, il viendra y mourir pour une seconde fois.

Il fait chaud. Des gouttes de sueur perlent sur son front, dans mon cou. Je dois attendre; être patiente.

De ses doigts effleurant ma peau brûlante, il défait un à un les boutons de ma camisole azurée, l'entrouvre et découvre mes seins à peine recouverts de dentelle blanche. Moment magique. Silence. Je sais maintenant que P. s'amuse à deviner mes mamelons. Un seul regard, un seul mouvement de sa bouche sauront les faire durcir de plaisir. Au même moment, mon sexe répondra à l'appel en se laissant couler librement. La soie glisse sur mon dos. Doucement, P. dénoue les rubans multicolores qui ceignent ma taille et qui retiennent ma jupe de mousseline de soie brodée qu'il fait descendre sur mes fesses, le long de mes cuisses et de mes jambes jusque par terre. Il défait ensuite les tresses de rubans de ma ceinture, avance une chaise, m'y fait asseoir et ouvre mes jambes. Là, tout au fond, la petite bande de dentelle blanche de mon bikini, tout en épousant parfaitement la forme arrondie de mon sexe, laisse dépasser mes poils. Ses yeux en disent long: il imagine mon sexe qu'il sait déjà si humide, si invitant. Il en connaît toutes les odeurs et toutes les saveurs, d'exquises liqueurs, eaux-de-vie, eaux-de-plaisir.

P. regarde en silence mon sexe gonflé. Je sais qu'il a envie de s'y perdre encore une fois, de s'y laisser couler, d'y déverser son âme jusqu'à la lie.

Mais au lieu de perdre déjà la tête, il se met à jouer avec mes rubans de soie.

Le bleu. Il m'en fait un collier, qui après avoir fait le tour de mon cou en sueur, retombe entre mes seins.

Le mauve. Il m'en fait une ceinture qui suit joliment la courbe de mes hanches et qui retombe entre mes cuisses ouvertes.

Le vert. Le jaune. Le rouge. Le blanc. Autant de bracelets autour de mes poignets et de mes chevilles.

P. me regarde. Ma bouche, qu'il entrouvre avec ses doigts. Mes seins, qu'il libère de leur dentelle blanche. Ma chatte, qu'il câline de la langue au passage.

Oui. Regarde-moi. C'est pour toi que je suis belle. N'aie pas peur de jeter sur moi des regards indiscrets, indécents. Bientôt, j'inviterai ta bouche à suivre le chemin que tes yeux auront déjà ouvert pour elle. Mais avant, abandonne-toi à mes mains qui cherchent ta peau, à mes yeux curieux qui n'en ont jamais assez.

Je le couche par terre. Il faut savoir ouvrir les jambes des hommes, chercher avidement leur sexe grossi, enflé, s'y frotter, y flairer les odeurs qui tant de fois nous ont fait succomber, caresser ces fesses qui elles aussi se durcissent. Bref, faire bander un homme, de la tête à la queue!

Doucement, lentement, j'enlève la chemise. À chacun de mes mouvements, les rubans de soie tombent sur mes cuisses, entre les jambes, sur mes seins, jolies caresses, doux frémissements. Avant de le débarrasser de son jean, je lui demande de se lever. J'ai envie de le regarder, comme on fait parfois avec les hommes qui passent dans la rue, quand on s'amuse à deviner ce qui se niche là. Debout devant moi, P. s'offre à mes yeux avec indécence. Il me montre tout, par devant, par derrière, s'affiche et m'attire. Au détour d'un baiser, il glisse entre mes mains son sexe chaud que notre impudeur a rendu encore plus imposant que j'avais pu l'imaginer. Gourmandise. J'ai faim, j'ai soif de ce sexe qui s'offre à moi. Je le caresse, le glisse entre mes seins, dans ma bouche. C'est chaud. C'est doux. C'est dur. Effronté. Ça sent déjà le mâle. Le mâle qui se dresse, qui se tend à n'en plus finir. Ce sexe-là est sur le point d'exploser.

Et maintenant, si je lui montrais tout! Il est des gestes et des images auxquels les hommes ne résistent pas!

Sans hésiter, P. m'installe sur son ventre, entre en moi tout d'une traite: ses mains sur mes fesses, sa langue dans ma bouche, me voici habitée de toute part. Urgence. C'est la fin du monde. Mon corps, ma tête n'en peuvent plus de ce remue-ménage, et pourtant je m'entends crier "encore". P. gémit, se plaint, hurle, endure, poursuit sa jouissance jusqu'aux confins de mon ventre et explose enfin, se déverse et laisse couler en moi une rivière de diamants dont un mince filet, venu napper le drap blanc du lit défait, scintille au soleil de cette fin d'après-midi de juillet.

Il fait chaud.

Je retombe sur P. Nos corps mouillés collent l'un à l'autre. Ça sent la chaleur, la sueur, l'humidité, le manque d'air et l'amour. J'ai soif. Lequel des deux aura le courage de se lever pour aller chercher la bouteille d'eau dans le frigo? Je me lève enfin, avance à petits pas, étourdie. Mes rubans, entremêlés, collent à mes bras, à mes jambes, à mon ventre. Je reviens vers le lit, la bouteille froide entre les seins. P., adossé aux oreillers, me regarde. Cet homme ne se lasse pas de me regarder. Ses yeux n'en ont que pour moi. Déjà ses mains rêvent à d'autres caresses, sa peau cherche mes odeurs, son sexe s'invente de nouvelles extases. Du bout des doigts, je dépose des gouttes d'eau froide sur ses lèvres, sur ses paupières, dans son cou, sur son torse et sur son ventre. Là, je m'arrête. Et pouffe de rire! Après avoir bu de bonnes lampées d'eau froide, nous nous endormons.

Au réveil, je touche mon corps. Tout chaud. Dehors, c'est la nuit. Dans ce ciel étoilé de juillet, la lune occupe toute la place. Blanche. Ronde. Pleine. Pleine de lumière, lumière chipée dont elle s'enorgueillit impunément. Voleuse. Que serais-tu sans le Soleil? Rien. Un astre mort, sans vie. Et pourtant, gonflée de sa lumière, tu règnes sur la Terre, sur ses eaux et sur ses femmes. Je te ressemble. Sœurs de sang. Comme toi, je vis, survis, resplendis en m'abreuvant à la lumière de l'autre. Saturée, imbibée, je transforme l'énergie volée pour régner. Pleine, ronde, blanche, je prends et me laisse prendre. C'est l'attirance perpétuelle. Le flux et le reflux. Mes marées. Hautes, majestueuses, colériques, passionnées, emportant tout avec elles. Basses, timides, renfrognées, silencieuses, laissant tout derrière elles. Plages vides. Désertes. Raflées. Le vide. Le plus-personne. Le temps qui ne rime plus à rien; le temps passé à compter les petits cailloux.

*M*ontréal. Avril 1991. Couchée sous le poids rassurant de mon duvet, j'entends la sonnerie du réveille-matin. Huit heures. Dehors, le soleil d'avril a déjà commencé à faire fondre la dernière neige de l'hiver, tardive, blanche et duveteuse, qui nous est tombée dessus au beau milieu de la nuit, au moment où je sortais de chez Mathieu, encore tout engourdie de ces heures passées à faire l'amour. Avril. La grande finale de l'hiver, tout enrubannée des rayons d'un soleil timide qui préfère garder ses distances. J'aimerais mieux être ailleurs. Au Portugal. Ou en Californie? Ailleurs. Parce qu'il y a ce rendez-vous chez ma sœur Agathe; j'avais même promis d'y être à huit heures pile. Et ma sœur Agathe, que je n'aime pas, n'aime pas les retardataires.

Huit heures quinze. Nus devant la glace de la salle de bains ensoleillée, mes quarante ans me renvoient crûment l'image de ce que je suis. Objectivement, je n'ai jamais aimé mon corps: imparfait. Mes jambes trop courtes: je revois celles de Marlène Dietrich, et mon ventre arrondi: quand je pense à celui de Jane Fonda! Mes cheveux châtain clair: ma tête les aurait mille fois troqués pour n'importe quelle tignasse brésilienne, et mes pieds quelconques: je leur aurais volontiers fait souffrir le martyre pour qu'ils ressemblent à ceux d'une geisha. Consolations: mes fesses et mes seins, chaudes rades où vinrent mouiller plus d'un navire en quête d'exotisme. Mais ce corps, si imparfait soit-il, m'a toujours séduite. C'est un créateur, un faiseur d'images. Il a une âme, un souffle, de l'inspiration. Et beaucoup de talent!

Quant à mes yeux, ils sont marron le jour et jaunes la nuit.

Ma sœur Agathe. Je ne l'ai pas vue depuis six mois. Elle me téléphone. Assidûment. Des conversations polies, tout empreintes de retenue. Conversations sans passion ni intérêt. Agathe. Une étrangère. Une immigrante qui débarque dans ma vie avec les liens du sang comme passeport et qui tente par tous les moyens d'obtenir son permis de séjour. Refusé. Il y a trop longtemps que le poste frontière est fermé. Chez moi, n'entre pas qui veut. Quand comprendras-tu enfin que tu n'es plus ma sœur; que la famille, ou l'idée que tu veux bien t'en faire, n'est qu'une abstraction, un œuf vide pondu par une pauvre poule stérile? La famille, papa, maman: ces mots sonnent creux dans ma tête, car il me semble avoir été orpheline toute ma vie. J'ai bien eu un père, qui décéda des suites d'un accident d'automobile il y a trop longtemps, et une mère, qui est morte il y a cinq ans.

Mais il en faut davantage pour faire une famille.

Je me souviens vaguement du jour de l'accident de mon père. J'avais six ans. Je jouais seule dans le salon, à la poupée. Ou étais-je occupée à dessiner? C'est tante Madeleine, la sœur de ma mère, qui me gardait, maman et

Agathe ayant été absentes toute la journée. En rentrant, ma mère se précipita dans sa chambre, entraînant avec elle Agathe et tante Madeleine. Elles restèrent enfermées là longtemps. Je les entendais pleurer, parler, crier. C'est Agathe qui sortit la première. Elle me prit dans ses bras et m'annonça que le Bon Dieu était venu chercher papa pour l'emmener avec lui au paradis. Ensuite, ma mère me raconta qu'il avait été victime d'un accident d'automobile dans une autre ville où il était en voyage d'affaires. Elle nous demanda de ne pas en parler à nos amies, cette épreuve ne concernant que notre famille. Heureuse de me voir confier un secret, je n'en parlai à personne. On m'envoya passer plusieurs jours, ou même plusieurs semaines, chez tante Madeleine, séjour au cours duquel on me permit de manger des bonbons et de jouer avec le chien du voisin, ce qui me changea de l'austérité coutumière de notre maison. Ma mère, qui avait alors trente-cinq ans, porta le deuil pendant six mois. Ensuite, elle fit disparaître des murs et des albums de famille toutes les photos de mon père. Plus aucune trace du seul homme qui habita jamais notre maison. Et quand je posais des questions, ma sœur Agathe, de huit ans mon aînée, m'expliquait qu'il valait mieux ne pas en parler "pour ne pas faire de peine à maman". Cette réponse me contenta pour un temps. Plus tard, lorsque j'osai en parler ouvertement à ma mère, mes questions se heurtèrent à un mur de béton.

- Je ne veux plus jamais en entendre parler. Tu m'entends? Jamais.

Et elle n'en entendit plus jamais parler. Mais la petite fille que j'étais accepta mal la loi du silence que sa mère lui imposa alors.

Parfois, il me prenait des envies d'aller porter des marguerites sur la tombe de mon père, mais je ne sus jamais dans quel cimetière on l'avait enterré. Souvent, je rêvais que ma mère me berçait en me racontant des souvenirs de papa: elle riait, mélangeait tout, pleurait et m'embrassait en me disant que mon père avait été un mari superbe.

Mais point de tendresse de la part de cette femme sèche qui ne savait pas sourire; qui ignorait tout de la douceur des joues d'un enfant quand on y pose amoureusement la main; et qui ne se laissa jamais émouvoir par les sanglots d'une petite fille de huit ans qui demandait, tout simplement: "Où est papa?"

Puisque la mère qu'on m'avait affectée ne me convenait pas et que je ne savais rien de mon père, je me mis à penser que j'étais peut-être une enfant adoptée; et cette idée me séduisit. Marginale à l'école et à la maison, sans attaches, déjà, je m'accommodai mentalement de mon statut d'enfant illégitime. Je voulais être une bâtarde, une enfant de nulle part et j'entrepris une vaste enquête qui, je l'espérais, confirmerait mes soupçons. Il fallait absolument que je vienne d'ailleurs. Non, je ne pouvais pas être de cette famille, de cette race, de ce sang. La cigogne avait dû se tromper et puisqu'il n'y avait pas d'adresse de retour, on m'avait gardée. C'est ça. C'était une erreur. J'étais une erreur dans cette maison, avec ces femmes.

Quant à ma vraie mère, celle qui m'avait un jour abandonnée, et qui viendrait bientôt me chercher, je l'imaginais très belle, entourée d'hommes qui lui faisaient la cour. Je nous voyais toutes les deux, assises dans un immense jardin, en train de manger des fraises. Elle me parlait sans cesse, m'expliquait tout et le soir, elle sortait avec ces hommes qui l'aimaient tant. Le matin, j'allais la rejoindre dans son lit et nous dormions jusqu'au midi. Au bout de six mois, je trouvai mon extrait de naissance qui me prouva, à moins que ce document fût un faux, que ma mère était bel et bien ma mère et mon père, bel et bien mon père. Je portai le deuil de mon autre vie, de mon autre mère, morte de n'avoir existé que dans la tête d'une petite fille en mal d'amour.

Ma sœur Agathe, elle, s'accommoda des silences de ma mère et de l'absence de mon père. Bien sûr, elle n'était pas seulement la fille de sa mère, mais son amie, sa confidente, voire son conjoint. Parfois, sous prétexte du cauchemar de l'une ou du mal de ventre de l'autre, elles dormaient ensemble. Elles partageaient aussi les mêmes tabous, les mêmes dégoûts. Je les ai tant de fois surprises à marmonner, cachant derrière leurs tabliers blancs des secrets que j'imaginais hideux, tout gris, rabougris. Je m'enfermais alors dans ma chambre ou courais jouer au parc où je me laissais étourdir par les cris des enfants du quartier. Tout me semblait si normal au-dehors.

Et telle une épaisse couche de glaise, l'ombre du secret englua mon enfance.

Manque d'oxygène. Où est la sortie de secours?

Pour ne pas mourir, je me mis à lire, passionnément; à écouter de la musique, avidement; à me maquiller, exagérément. Je passais d'une passion à l'autre, à toute allure, privilégiant, bien sûr, celles qui sauraient déranger ma mère et ma sœur. Et quand je découvris mon corps et les hommes, je sus que j'avais enfin trouvé le mélange explosif, la flèche empoisonnée qui feraient mourir de honte les sorcières.

Mon séduisant penchant me sauva du naufrage.

Toute petite déjà, je me cachais pour regarder les photos de Marilyn qui, à l'opposé des femmes de mon entourage, avait l'audace de porter fièrement ses seins, ses fesses et ses hanches pour les montrer à la Terre entière. J'étais éblouie. Par la provocation, certes, mais aussi par sa vulnérabilité, sa générosité, son irrésistible gourmandise. Ma mère n'aimait pas les femmes, enfin pas celles qui osaient afficher ainsi leurs couleurs. Toutes ces femelles étaient des ennemies dont elle sentait planer sur elle la constante menace. À ses yeux, l'univers féminin ressemblait à un poulailler où toutes ces chipies n'avaient qu'une seule idée en tête: s'approprier le mâle de l'autre. Les femmes, les vraies, celles de son clan, n'avaient que très peu d'ambition pour elles-mêmes. Effacées, discrètes, exemplaires, elles vivaient en marge de l'univers des hommes, gravitaient autour de ces êtres mystérieux en observant la loi du silence. Et quand l'un d'eux tombait dans le piège d'une de ces poules, elles baissaient les yeux en faisant un signe de croix.

À l'adolescence, je compris que Marilyn avait malheureusement été piégée, inconsciente qu'elle fut du formidable pouvoir qu'elle possédait. Déjà, je savais que la séduction était une forme de pouvoir et que seules les femmes qui consentaient à l'exercer avec intelligence échapperaient au triste statut d'objets entre les mains des hommes. Vers l'âge de douze ans, alors que mes seins devenaient de plus en plus visibles, je sentis monter en moi les premières manifestations du désir. J'aurais voulu bousculer tous les calendriers du monde pour que le temps passe plus vite. À l'étroit dans mon rôle de petite fille, j'aspirais déjà à être une femme. Et tout ce qui touchait de près ou de loin la féminité me séduisait. D'instinct, je savais que mon état de femme me comblerait, même si ma mère y attribuait la source de tous ses maux. Le jour de mes premières règles fut d'ailleurs, avec celui de mon dépucelage, le plus beau jour de ma vie. D'abord je n'en parlai à personne. Je ne voulais pas de complices dans cette aventure. Coureur solitaire, je n'avais besoin de personne. Et au lieu d'aller pleurer dans les bras de ma mère comme l'a fait chaque mois ma sœur Agathe jusque vers l'âge de dix-sept ans, je m'invitai à dîner au restaurant du coin. Assise au comptoir, j'avais l'impression que tous les clients me regardaient, qu'ils savaient.

Quelques mois plus tard, s'inquiétant probablement du retard que je prenais sur ma sœur, ma mère se décida enfin à me parler. Ce fut bref et sec.

- Quand ça t'arrivera, tu n'auras qu'à prendre les serviettes qui sont dans le fond de l'armoire de ta sœur. Quand ça fera trop mal, eh bien, tu feras comme nous toutes, tu endureras! Et que je ne te voie pas mettre des tampons. C'est sale et malsain.

- Si c'est des règles dont tu parles, c'est arrivé il y a sept mois et je trouve ça très agréable, si tu veux savoir!

Je mentais un peu. Chaque fois, j'avais tellement mal au ventre. Mais si la douleur était le prix à payer pour mettre la machine en marche, j'étais prête à souffrir. De toute façon, chaque crampe, chaque hémorragie me seraient un jour remboursées en autant de caresses. Puis il y avait ce sang qui coulait de mon sexe chaque mois. C'était la preuve que j'étais enfin une femme. Qu'il y avait de la vie là-dedans. Que cette partie de mon corps, cachée, tue, presque sans nom depuis ma naissance, osait enfin clamer son existence. Je m'habituai peu à peu à mes nouvelles odeurs, aux signaux que me lançait mon corps et le soir de mon quatorzième anniversaire, seule dans ma chambre, je traçai mentalement l'itinéraire de ce que serait ma vie. Désormais, toute mon énergie créatrice servirait à apprivoiser mon corps, à connaître ses envies, ses pulsions, ses talents. Je me mis en tête d'apprendre le langage de ce corps qui avait tant à dire et d'en devenir la virtuose. Je répudiai ma mère et ma sœur, et commençai peu à peu à mener une double vie tout en laissant au passage, et pourquoi pas, quelques indices pernicieux qui, à tout coup, avaient un effet dévastateur sur la maisonnée!

*L*es dalles de la salle de bains gèlent mes pieds. Quand me déciderai-je enfin à acheter un tapis? Puis il y a une ou deux tuiles cassées au coin de la baignoire, le robinet qui fuit et le plafond qui a besoin d'un coup de pinceau, puisque la toiture a coulé tout l'automne. Tant de fissures à colmater. Donne-toi le temps. Y'a des crève-cœur assassins dont on ne renaît qu'après une longue convalescence.

- Zut! je suis en retard.

J'enfile un jean, un t-shirt et un pull. Vite. Le téléphone. Manquait plus que ça.

- Allô.

- Bonjour, ma divine. C'est Mathieu. Bien dormi?

- Tu parles d'une heure pour téléphoner chez les gens!

- Je viens à peine d'ouvrir les yeux. Quelle désolation que mon lit vide de toi. Heureusement, tu y as laissé ton odeur. Merci mon amour. J'avais aussi besoin d'entendre ta voix. Alors on se voit ce soir?

- Ce soir? Pas possible. J'ai une semaine absolument dingue. Je te rappelle dans quelques jours. Ciao!

Mathieu. La trentaine à peine amorcée, il est si fier d'avoir une maîtresse de dix ans son aînée. Intelligent et drôle, Mathieu est pour le moment un bon amant. Il aime mon corps. Il aime ma tête. Dans dix ou quinze ans, quand il aura atteint l'âge du parfait amant, il séduira les jeunes femmes de trente ans qu'il baisera comme un dieu. Comme celui de tous les gars de sa génération, nourri au poulet de grain, au yogourt et aux légumes vapeur, son corps respire la santé. Il a des ardeurs à faire rougir n'importe quel homme de la quarantaine! J'ai rencontré Mathieu il y a quelques mois chez Louis et Carl, un couple d'homosexuels sympas qui, chaque année depuis au moins dix ans, célèbre fort civilement l'arrivée du beaujolais nouveau. Nous devions être une quarantaine entassés dans leur maison quand Mathieu s'est pointé dans le hall d'entrée, à côté du rhododendron. Je dois avouer que je fus séduite. Assez grand, avec quelques ridules déjà venues s'installer au coin des yeux, signes d'une maturité précoce, il était vêtu d'un pantalon de velours sable qui semblait avoir refusé de prendre le pli de la grande vie, d'une chemise Polo écrue qui devait être d'accord avec les convictions du pantalon et sur laquelle tombait nonchalamment une cravate, et d'un veston marron qui, de par son allure plus soignée, venait rehausser l'apparence générale du personnage. Ses cheveux châtains, à peine bouclés, frôlaient le col de sa chemise, et sa barbe de la veille, ou était-ce de l'avant-veille, lui donnait l'air de celui qui n'est pas rentré dormir chez sa mère. Au moment où j'allais lui offrir un verre, Carl s'approcha, lui serra chaleureusement la main et l'entraîna au fond de la salle à dîner. Un autre transfuge, me dis-je. Dommage.

Mathieu, qui avait dû me voir arriver avec mes deux verres, se retourna quand même et me sourit.

Une heure plus tard, il s'approcha.

- Et si c'était à mon tour de vous offrir un verre? Mathieu Cardinal, dit-il en me serrant la main.

- Florence Belzile.

J'appris qu'il était graphiste et qu'il travaillait pour une agence de publicité; qu'il n'habitait plus chez sa mère et qu'il aimait les femmes. Vers vingt et une heures, sentant que le vin nouveau avait déjà commencé à modifier mes facultés de perception, je décidai de rentrer sagement chez moi en taxi.

- Tu rentres déjà? Laisse-moi au moins te reconduire.

- Non. Je te remercie. Je vais rentrer seule. Mais si tu m'appelais un de ces jours, nous pourrions aller dîner.

Deux jours plus tard, je trouvai ce message de Mathieu sur mon répondeur:

«Salut Flo. Ici Mathieu. Puisque ça fait deux jours que je ne t'ai pas vue et que je commence à manquer d'oxygène, j'appelle au secours. Mon état est jugé critique. Si on se voyait ce soir, je crois que je survivrai. Sinon, sache que tu auras un mort sur la conscience.»

Je fus touchée par ce délicieux chantage. Nous nous vîmes donc ce soir-là et puis un autre soir aussi. Mais je ne savais pas encore si j'avais envie qu'il devienne mon amant. À cause de son âge, probablement. Avant de rencontrer Mathieu, je m'étais toujours refusé de coucher avec des hommes plus jeunes que moi, craignant voir mon instinct de séduction se transformer en un quelconque instinct maternel. Les mauvaises langues diront que l'attrait qu'exercent sur moi les hommes plus âgés est dû au fait que je n'ai pas eu de père. Allez hop sur le divan! Ras le bol des psychanalystes qui ne connaissent rien de la maestria avec laquelle mes amants de quarante ans et plus me font l'amour. Ma seule quête, le plaisir. Tel un prospecteur avide, je ne perds ni temps ni amour à cultiver des terres prometteuses. Je n'ai rien du philanthrope. Je consomme quand le fruit est mûr et lorsque j'ai faim. D'autre part, si je faisais des jeunes hommes ma denrée préférée, on pourrait tout aussi bien m'accuser de combler un amour maternel non assouvi. Coincée! À l'université, où j'enseigne depuis quatre ans, les salles de cours débordent de jeunes hommes qui mériteraient bien le détour. Mais je ne me suis jamais aventurée sur ce terrain. Plusieurs de mes collègues mâles, sûrement dotés d'un instinct paternel non assouvi, accumulent les maîtresses d'un semestre à l'autre. Quand les finissantes quittent après trois ans, elles sont remplacées par les nouvelles recrues fraîchement sorties du cégep. Une sorte de *bumping*, quoi!

Malgré toutes les restrictions mentales que je nourrissais à l'égard des jeunes amants, le charme de Mathieu finit par opérer. J'eus alors une envie folle qu'il devienne mon amant.

Urgent besoin de cet homme dans mon lit. Ma survie. Ne pas mourir maintenant, ni jamais.

- Tu viens chez moi ou je vais chez toi?

Mathieu sembla surpris de mon initiative. Est-ce que les filles d'aujourd'hui attendent encore qu'on les sonne pour se retrouver dans le lit? Ne savent-elles pas qu'un homme ça se bascule facilement ? Que ça se prend quand on en a envie, sans demander la permission? Que c'est disponible?

- Que dirais-tu d'un terrain neutre?

- L'hôtel?

- Pourquoi pas.

Nous nous retrouvâmes dans la chambre d'un hôtel chic du centre-ville. Mathieu referma la porte derrière nous et m'embrassa longuement. Pressé, gourmand, fébrile. Je le laissai aller à son rythme en me disant que je saurais bien l'arrêter au moment opportun. Et comme une actrice qui s'apprête à monter sur scène, je m'invente une imagerie, une gestuelle qui m'entraînent ailleurs. Boîte à images. Cinéma muet. Esquisses du désir. Tout doucement, tel un serpent en pleine mue, je me glisse dans la peau de Lola, de Marilyn. Je suis la maîtresse-femme, la femme-maîtresse, celle à qui l'on ne résiste pas. Mathieu est vierge. Vierge de moi. Laisse-moi te dépuceler, mon bel amant. Tu n'as encore rien vu. Rien ressenti. Je connais par cœur les regards qui troublent, les gestes qui apprivoisent, les audaces qui désarçonnent.

Au fond de ma gorge, c'est déjà le désert. Je fais la sourde oreille au monde entier. Je suis orpheline. Je suis de nulle part. C'est ici et maintenant que se joue ma vie.

Et debout au milieu de cette chambre tapissée de draperies fauves, d'un geste lent, je relevai mon pull. Douce caresse que ce cachemire qui frôle mon dos, mon ventre et mes seins à demi vêtus de dentelle. Mathieu, assis sur la bergère de velours ocre, posa alors sur moi un regard trouble. Il en voulait encore; attendait tout de moi.

- Tu veux voir? Eh bien, je vais te montrer. Pour faire plaisir à tes yeux, bien sûr, mais aussi à ton ventre, à ton sexe. Regarde-moi. Toutes mes caresses sont pour toi. Dis-toi bien que je te ferai bander. Oui. Dis-toi bien que tu banderas dans mes mains, dans ma bouche, dans mon ventre.

Doucement, je dégageai mes seins de mon soutien-gorge framboise et, du bout des doigts, caressant d'abord leur doux halo rosi, je fis durcir mes mamelons toujours si sensibles à ces caresses. Mathieu ne bougeait plus. Je retirai ma jupe. Mathieu ne respirait plus.

Couchée sur l'épais tapis havane, mes seins paresseusement déployés, mes jambes et mes cuisses impudiquement ouvertes, je posai les pieds sur le rebord de la bergère, de chaque côté de Mathieu. Emprisonné entre mes jambes, il chercha refuge dans mes yeux.

- Regarde-moi. Tu vois mon sexe caché par ce petit bout de dentelle rose-rouge? Regarde-le et imagine-le. Essaie d'en deviner la douceur. Et l'odeur. Tu sais que c'est chaud? Et déjà tout humide pour toi? C'est que je pense à ton sexe. C'est que je veux que tu me le montres, que tu me le donnes. Entre mes mains, il deviendra splendide, d'une magnificence que tu ne connais pas encore.

Plus rien ne bougeait. Mais si. La main de Mathieu, en une interminable caresse, glissa le long de sa cuisse pour aboutir à son sexe.

- Viens.

Il posa sa tête entre mes cuisses ouvertes.

- Déshabille-toi maintenant et masturbe-toi pour moi.

Je le regardai. Et sans quitter les yeux de Mathieu, je pris ce sexe qu'il avait si bien fait bander et le fis entrer très loin, au creux de mon ventre, là où le corps et l'âme ne font qu'un. Désormais, cet homme était à moi. Ma bonne étoile, un soir de nouvelle lune.

- Ta tête. Ton corps. Je veux tout. Et tes trente ans. Prête-les moi, moi qui ne les ai plus. Tu verras, mes quarante ans ne pèseront pas lourd sur l'oreiller. Une plume.

*M*a sœur Agathe est la version moderne de ma mère: parfaite. Petite fille modèle consciente de sa position privilégiée, elle en abusa avec sagacité. Agathe n'a jamais été du type gourmand et ne semble jamais en manque de rien. Cérébrale comme ma mère, elle a conduit sa vie comme on mène un bataillon d'infanterie. Gauche. Droite. Gauche. Droite. Mariée vierge à vingt-quatre ans et divorcée depuis trois ans, elle n'a à ma connaissance aucun homme dans sa vie (Agathe s'est d'ailleurs toujours contentée de peu). Elle occupe un poste de travailleuse sociale dans un hôpital, fréquente ses trois fils partis de la maison depuis quelques années, fait de la gym et cultive des cactus. Quand on pense à toutes les mailles que j'ai pu échapper dans ma vie, Agathe, elle, n'a pas un accroc dans son tricot, à part, bien sûr, son divorce. Mais ça, c'est une autre histoire.

Sa maison aussi est parfaite.

Je gare ma voiture dans l'entrée. Il fait beau. Le soleil a fondu presque toute la neige de la nuit dernière, sauf sous l'épinette bleue qui cache maintenant une partie de la façade de la maison, et qu'Agathe avait plantée elle-même, il y a de ça plusieurs années, la veille de son premier accouchement. Agathe aime bien savoir qu'elle est une femme courageuse. Un bébé de quatre kilos sur le point de venir au monde n'allait tout de même pas l'empêcher de planter une épinette bleue!

Je sonne. J'entre.

- Tu es en retard.

- Bonjour quand même!

Bise. Bise. Ça sent bon chez toi, Agathe. Ça sent le café et le pain chauds. Ça sent la maison, la famille, l'intimité. Tu as toujours été du type intérieur. Quand André et toi avez emménagé dans cette maison héritée de tes beaux-parents, tu t'es fait un honneur de la redécorer de pied en cap, choisissant une couleur-thème pour chaque pièce. Le salon bleu comme le ciel, l'été, l'eau, les fleurs de lavande, la pervenche. La cuisine blanche comme la farine, les marguerites, le savon; et rouge comme les pommes, les tomates, le carmin, les cerises, les capucines. La chambre du bébé vert pomme comme les pommettes, bien sûr, mais aussi comme la mousse, l'herbe, les pommes de laitue. La bibliothèque ocre comme les reliures, la campagne, la flamme, les pots de terre. La chambre blanche, toute blanche, immensément blanche. La seule pièce de la maison sans âme, sans chaleur, sans vie. La seule pièce où il y a de l'écho. Le vide du dedans en habit du dimanche.

C'est en ordre chez toi, Agathe. Rien ne traîne. Chaque chose à sa place. Ta vie aussi est à l'ordre. Il y a longtemps que tu t'es débarrassée du superflu. Tu auras bientôt cinquante ans. Comme tu ressembles à ta mère.

Comme elle, tu es vieille depuis toujours. Comme elle, tu ne t'es jamais permis de jeunesse, ni de coups de tête, ni de coups de cœur. Pas un faux pli. Impeccable. Comment réussis-tu à vivre sans homme, sans sexe, sans passion? Comment un corps de femme nourri au compte-gouttes pendant tant d'années arrive-t-il à survivre?

Ces questions, je me les suis aussi posées des milliers de fois au sujet de ma mère qui a toujours refusé de se remarier. Comme si la mort de mon père l'avait enfin et à jamais libérée du fardeau de la vie conjugale. Car si elle n'aimait pas les femmes, ma mère n'aimait pas les hommes non plus. Leur corps la répugnait à cause de leur pilosité qui lui rappelait celle des animaux. Elle disait souvent que les parties génitales mâles, ce sont les mots qu'elle employait pour nommer la chose, étaient d'une laideur inexprimable et qu'il valait mieux ne pas y regarder de trop près! Et c'est avec dégoût qu'elle parlait des "odeurs humaines" et de certaines pratiques intimes que les gens confondaient avec l'amour.

Quand elle est morte, il y a cinq ans, son corps froid, couché dans la tombe, n'avait pas été caressé depuis plus de trente ans.

- J'espère que tu as faim. Je t'ai fait des muffins aux carottes. Il y a aussi des croissants, du pain, des confitures à maman. C'est le dernier pot!

À la mort de notre mère, c'est Agathe qui s'est occupée de tout. C'est normal, elles étaient si proches. Depuis, Agathe continue de respecter la loi du silence instaurée par ma mère.

- Tiens. Regarde. C'était en décembre.

Elle me tend des photos d'André et de leurs trois fils prises à la montagne lors d'un week-end de ski dans le Vermont.

- Tu revois André souvent?

Agathe avait épousé André Mercier, un compagnon d'université, en 1967. Maman accueillit la nouvelle de ce mariage avec joie. En épousant André, ma sœur suivait ses traces et donnait enfin à la famille le père manquant, mais cette fois-ci trié sur le volet, possédant toutes les qualités que ma mère exigeait d'un homme, c'est-à-dire l'anonymat, l'amabilité, la serviabilité et surtout un penchant naturel pour la chasteté. Du prêt-à-porter, quoi! André devint donc le nouvel homme de la maison. Il se vit confier la comptabilité de la famille, les changements d'huile de l'auto et même mon éducation! Parce que, semblait-il, j'étais "un cas". Pour en savoir plus long sur ma vie, mes amis et mes liaisons, comme il disait, il essaya de devenir mon ami. Il me conseilla de me "garder" pour mon futur mari et me confessa qu'il s'était senti rassuré de savoir qu'Agathe était encore vierge quand il l'avait épousée. Du même souffle, il en vint à m'avouer qu'il était lui aussi resté vierge malgré certaines tentations, "je suis un homme, tu comprends", tentations qu'il avait su repousser, par amour pour sa future épouse.

Je croyais rêver!

- Si je revois André? Bien sûr. Nous organisons des soupers de famille deux fois par mois. Nous sommes encore les parents de nos enfants. Tu comprends?

Ah! ce ton. La fille de sa mère!

Ils s'étaient mariés aux environs du vingt-quatre juin. La semaine précédant la noce fut infernale. Maman et Agathe n'en finissaient plus avec leurs préparatifs. Elles s'agitaient, papotaient comme deux siamoises. À un point tel qu'on ne savait plus très bien laquelle des deux était la mariée. Leur complicité m'agaçait. Étrangère à leurs émois, j'acquiesçais en souriant. Peu pour moi le gynécée. Je n'avais jamais rêvé mariage en blanc et l'idée d'appartenir à un seul homme me faisait frémir. Il y avait aussi André qui se pointait à la maison tous les soirs pour "donner un coup de main". Sa grandeur d'âme et son dévouement m'accablaient. Bref, le mariage de ma sœur m'irritait. Pas que je fusse jalouse. André était à mes yeux l'être le plus insignifiant de mon entourage.

Pour dire la vérité, je voulais me marier avant elle. Agathe si sage, Agathe si parfaite, non, tu ne connaîtras pas "ça" avant moi. Maman si sage, maman si parfaite, toi qui as oublié ton corps depuis si longtemps, laisse ta fille découvrir ce qui dort au fond de son ventre. Vous verrez, grâce à moi, le sexe réintégrera notre maison.

Il fallait donc que je me trouve un amant. J'avais une semaine devant moi. Il fallait faire vite et bien.

Puisque je ne voulais pas être initiée par n'importe qui, je passai en revue les frères aînés de toutes mes amies. Après avoir ratissé le quartier, mon choix s'arrêta sur Benoît T., notre deuxième voisin et frère de mon amie Sylvie. Benoît avait dix-neuf ans et me connaissait depuis ma petite enfance. On se voyait surtout l'été à la piscine municipale. Je connaissais son corps et je m'étais souvent surprise à tenter de deviner ce qu'il y avait sous son maillot de bain rouge. Benoît allait entreprendre des études en droit et ne semblait pas pressé de sortir régulièrement avec une fille, bien que je le visse souvent aller et venir avec de nombreuses filles, toutes différentes l'une de l'autre. Il y aurait bien une place pour moi dans son harem, ne fût-ce que pour un soir!

Dans l'hystérie familiale, et en pleine période d'examens de fin d'année, je dus inventer toutes sortes de prétextes pour aller faire un tour. Il fallait que je rencontre Benoît. Pas de Benoît dans la rue. Ni mardi. Ni mercredi. Ni jeudi.

Vendredi soir, dix-neuf heures. J'ai terminé mes examens. Ma vie fout le camp. Comme dans un état second, poussée par l'énergie du désespoir, je pris le téléphone et appellai Benoît.

- Allô Benoît, c'est Flo. Dis donc, tu es libre ce soir?

- Ce soir. Oui.

- Tu peux avoir l'auto?

- Oui.

Tout allait bien. Il me fallait maintenant arriver au but. Mais il y avait ma mère qui allait et venait dans la maison; Agathe qui n'en finissait plus de me tourner autour.

- Flo, laisse le téléphone. André doit m'appeler d'une minute à l'autre.

- Vas-tu me laisser tranquille à la fin? J'en ai pour deux minutes.

- Flo, tu es toujours là?

- Oui. Ça va. Écoute. Tu peux venir me prendre, disons vers dix-neuf heures trente?

- Oui, dit-il avec une hésitation dans la voix. Et pour aller où?

- Où tu veux.

- Et pour faire quoi?

Une question de plus et je raccroche!

- Pour faire l'amour, chuchotai-je.

Et j'espérai que ces mots se perdent à tout jamais quelque part dans le réseau téléphonique!

Silence.

- Dix-neuf heures trente, hein? O.K.

*b*enoît arriva avec quelques minutes de retard. Ma mère, occupée à fabriquer le bouquet de la mariée, le salua distraitement.

- Ne rentre pas trop tard, Florence. Demain, c'est le grand jour.

Demain? Ce soir, pensai-je, en regardant Benoît visiblement amusé par la situation. Ce gars-là en avait vu d'autres, c'est sûr. Mais peut-être étais-je la première fille à réclamer ses services de façon aussi directe.

À peine étions-nous sortis de la maison que Benoît posa sa main sur mon épaule. Gênée, je lui souris. Quoi dire? Quoi faire? Je n'en avais aucune idée! Je fermai les yeux. En l'espace de quelques secondes, une singulière envie, une lame de fond, envahit le creux de mon ventre. Et pour la première fois je sentis mon cœur et mon sexe battre à l'unisson.

- Où veux-tu aller?

- En ville...

J'avais pensé à tout.

- ...il y a des maisons de chambres.

Il monta dans l'auto et m'embrassa sur la bouche. Mon premier baiser. Tendrement son odeur, un mélange de savon et d'eau de Cologne, se répandit sur ma peau. Sa joue contre la mienne, chaude; sa langue dans ma bouche, débordante de saveurs nouvelles. Et mon cœur là-dedans qui n'en pouvait déjà plus. J'eus envie de poser ma main sur sa cuisse, mais je me retins.

Benoît démarra. Il était beau. Du coin de l'œil, je regardai sa main bouger avec aisance sur le volant, son cou que son t-shirt dévoilait, ses cuisses et son sexe que son jean enserrait. Et pour un instant je tentai de l'imaginer nu. Étrange vertige.

Il ne disait rien. Je me taisais. Nous fûmes retardés par un convoi de remorques qui immobilisa rapidement la circulation sur le Grand Boulevard. Je sentis alors ses yeux résolument posés sur mes jambes et mes cuisses, et sur mes mains sagement posées sur mes cuisses. Sans gêne, il fixa ma bouche, puis mes seins. Son regard sur moi n'était déjà plus le même. Mes yeux cherchaient ses yeux, les fuyaient, les cherchaient à nouveau. Après quelques minutes de ce déroutant manège, Benoît appuya sur l'accélérateur, fit demi-tour et emprunta des rues transversales.

Nous nous arrêtâmes devant un petit hôtel. La façade était de pierres grises et les fenêtres carrelées, garnies de volets blancs. Benoît entra. Restée seule dans la voiture, j'ouvris les jambes. Et relevant ma minijupe blanche, je plaçai mes mains tout en haut, entre mes cuisses. Jeune vierge sur le point d'être livrée à son amant, je sentis mes audaces m'abandonner une à une et le trac s'emparer de moi comme d'une actrice un soir de première.

Benoît ressortit quelques minutes plus tard avec la clé. Et comme je le regardais marcher vers l'auto, je refermai subitement les jambes. Il monta dans la voiture et caressa mes cuisses encore découvertes, caresse qui me fit tourner la tête.

- T'es belle. Viens.

Benoît semblait vouloir prendre soin de moi comme d'un objet fragile et de grande valeur. Nous entrâmes dans l'hôtel. Une odeur de renfermé et de ranci me monta au nez. Le tapis des couloirs était rouge, usé. Et les murs beiges, percés de portes toutes pareilles, étaient recouverts d'un papier peint jauni. Au milieu de chaque porte, un numéro. Il n'y avait personne. Pas un client. On n'entendait rien. Peut-être l'écho d'une radio venant de la chambre de la tenancière. *No man's land.* Nous montâmes à l'étage. Au plafond, une ampoule jaune. L'escalier, étroit, caduc, montait dru. En haut, un autre couloir. Tapis rouge, usé. Murs beiges. Et toujours cette même odeur. J'avais chaud. J'étais étourdie. Puis d'autres portes. Vingt, vingt et un, vingt-deux, vingt-trois. Enfin, le vingt-quatre. Quelconque. Le lit, recouvert d'un couvre-pied blanc, occupait tout l'espace. Des rideaux bleus, qui filtraient la lumière du soir tombant, s'ouvraient sur une cour encombrée.

Benoît me prit dans ses bras, tendrement. Ses mains se posèrent sur mes seins, douces, chaudes et fermes. Je le regardai me caresser, je me contentai de sourire, ne sachant pas si je devais ou non entrer dans le jeu. Il m'embrassa longuement. Un véritable baiser. Il prolongea ce baiser. J'eus un urgent besoin d'aller plus loin. Je ne bougeai pas. Je le laissai prendre toutes les initiatives, son genou glissant entre mes jambes, ses mains cherchant mes fesses.

Me laissant glisser peu à peu dans cet autre monde, je sentis que rien de ces caresses, de ces audaces et de ces envies, rien de tout cela ne m'était vraiment inconnu. Quelque part en moi, déjà, je savais. L'obscure confusion qui m'avait habitée se dissipa. Je me mis alors à décoder chacun de ces signaux érotiques, à suivre pas à pas chacune de mes envies, toutes ces envies qui vous branle-bas le creux du ventre, qui vous brouhaha dans la tête. Et plus Benoît osait s'aventurer en terrain inconnu, plus j'acceptais de lui montrer le chemin.

Je l'encourageai à prendre mes seins, avec audace. J'aimai ce contact. Charnel. Je découvris le plaisir de ses doigts sur mes mamelons durs qu'il s'amusa à recouvrir du fin coton de mon chemisier blanc pour mieux en imaginer la forme.

Et soudain, sans pudeur, j'eus cette douce envie que mon amant me regarde. Il me fallait plus que ses caresses. J'avais maintenant besoin de son regard sur moi.

Miroir, oh! miroir, dis-moi que je suis la plus belle.

Je m'adossai au mur. Debout devant Benoît que je regardai fixement en souriant, je relevai lentement ma jupe.

- Regarde.

Et je restai de longues minutes à me délecter de chacun de ses regards impudiques.

Miroir, oh! miroir, dis-moi que je suis la plus belle.

Je me retournai et lui offris mes fesses.

- Regarde.

Je découvris alors le charme irrésistible de l'impudeur.

Tête première, mon corps entra dans le grand jeu. J'ouvris grand mes jambes. Benoît me bascula sur le lit. Sa main tout entière s'empara de mon sexe. Oui! entre tes doigts là où aucun homme avant toi n'est jamais venu et fouilles-y mon plaisir. Mon sexe, enflé, ouvert aux quatre vents, exhale des parfums interdits. Secrets. Licencieux. Divins. Exquis. Des saveurs aigres-douces. Épicées. Vanillées. Amandines.

Après avoir longuement regardé son jean, j'osai y porter la main. Juste au moment où j'y déposai la paume, son sexe se durcit encore.

- Je veux voir. Toucher. Caresser. Palper. Sentir. Goûter.

Je m'appropriai son pénis comme s'il m'avait toujours appartenu. Je l'enfermai d'abord entre mes deux mains, le caressai longuement, en appréciai la voluptueuse douceur, nulle peau n'est aussi exquise, et passai de longues et délicieuses minutes à l'enrouler entre mes doigts, à m'en caresser les joues, les seins, les lèvres avant de le porter à ma bouche. Quelle plus douce des caresses que celle-là!

- Prends-moi.

J'ouvris les jambes, les relevai autour de son cou et le sentis entrer en moi. Benoît m'habita sans gêne, s'insinua dans mon ventre où il éjacula sans mesure.

C'était donc ça! Bénis soient les dieux! je suis en état de grâce. Quelle découverte fabuleuse que celle des plaisirs défendus, des pensées obscènes et des rendez-vous secrets où tout se passe à fleur de peau, où le désir vous frôle le bas du dos avant d'aller se loger au bas du ventre.

C'était donc ça! Le plaisir incommensurable de prendre et de se laisser prendre. De regarder et de se montrer. De chercher et de se trouver. Comment ai-je pu vivre toutes ces années dans l'ignorance? Comment ne suis-je pas morte d'inanition? Comment ferai-je pour survivre un seul jour sans en redemander? Et pourquoi ne le crie-t-on pas sur les toits que c'est là le plus grand des bonheurs? Pourquoi le cacher, le dissimuler, n'en jamais parler? D'où vient cette honte?

Mes premières heures passées au lit avec un homme m'auront appris qu'il faut du culot pour bien baiser, que seuls une main, un sexe d'homme peuvent assouvir tous les désirs qui se terrent au tréfonds du sexe des femmes et que les hommes, pour jouir parfaitement, ont besoin des mains, des yeux, de la peau d'une femme. Absolument. Maintenant que je savais, personne ne pourrait plus jamais m'arrêter. Florence, ma Florence, je ferai de toi une grande amante et aucun homme ne te résistera.

Épuisé, Benoît se coucha près de moi. Ma tête sur sa poitrine, puis sur son ventre, je flairai l'odeur qui montait de son sexe. Odeur douce amère, laiteuse, charnelle. Caressant le bas de son ventre encore mouillé et collant, j'y posai tendrement un baiser. Et sur mes lèvres se fixa alors et pour toujours l'exquise saveur du mâle.

Je rentrai vers vingt-trois heures. Agathe et maman dormaient déjà. Sur le divan du salon, étendus la robe et le voile. Blancs. Je montai dans la chambre, me couchai nue. Le lendemain, je ne pris pas de douche et assistai au mariage imprégnée des odeurs de mon amant. Et quand Agathe, voilée et vêtue de blanc, dit oui devant Dieu et les hommes, je me revis la veille, nue, couchée sur le dos, jambes ouvertes. Je me revis dire oui quand Benoît me remplit de son sperme chaud.

Après la noce, André et Agathe partirent avec un couple de leurs amis faire leur voyage de noces en Gaspésie. Émue, maman pleurait en les aidant à installer tentes et sacs de couchage sur le toit de la Volks.

Et c'est à Percé et sur la dure que ma sœur a dû vivre sa première expérience sexuelle.

*A*gathe tomba enceinte trois mois après son mariage. Ah! cette grossesse. Ce fut l'événement de l'année. Après tout, comme disait ma mère, ce sera peut-être le seul bébé de la famille. Souhaitant secrètement de nombreuses couches pour ma sœur, mais n'osant pas encore se mêler du dossier, elle avait par contre déjà décrété que je n'aurais jamais d'enfant.

- Laisse-moi te dire, ma fille, que tu ferais une drôle de mère! Le plaisir et le mariage ne font jamais bon ménage!

- *Amen!*

Chaque semaine, André mesurait le tour de taille d'Agathe, mensurations que ma mère colligeait dans son agenda de la maternité. Agathe et maman furent encore plus proches l'une de l'autre au cours de ces neuf mois. Elles s'appelaient tous les jours, partageaient leurs expériences respectives. Maman y allait de ses conseils qu'Agathe suivait à la lettre, en plus de ceux qu'elle lisait dans les livres spécialisés. Sa grossesse la métamorphosait.

- Cette maternité m'aura enfin fait découvrir que je suis une femme!

Je rêvais encore.

Mais, nom de Dieu! ne faut-il pas d'abord être une femme avant de devenir mère? Ne faut-il pas d'abord connaître son ventre et son sexe avant de s'employer à faire des enfants?

Enceinte, Agathe ne voulait plus faire l'amour.

- Regarde ta sœur comme elle est belle depuis qu'elle est grosse, se plaisait à me répéter ma mère. J'étais comme ça moi aussi. On la sent si heureuse. André y est pour beaucoup. Il s'occupe d'elle, l'aide dans les tâches ménagères et est assez délicat pour comprendre que leur intimité, enfin tu sais très bien ce dont je veux parler, ne peut plus être la même depuis qu'elle porte son enfant.

Et quoi encore?

En fait, Agathe entra en maternité comme on entre en religion. Après la naissance du bébé, à laquelle ma mère assista avec André, Agathe se consacra à son enfant avec une exclusivité quasi maladive. Même ma mère fut mise à l'écart. Momentanément! L'amour d'Agathe pour son enfant semblait la satisfaire, elle n'en demandait pas plus. La présence d'André dans sa vie amoureuse s'estompa donc peu à peu pour céder sa place au bébé. C'est alors que je compris qu'Agathe n'avait jamais été la maîtresse de son mari. Et qu'il n'avait jamais été l'amant de sa femme. Car pour André, il y a toujours eu deux sortes de femmes : la femme avec qui tu te maries et qui deviendra la mère de tes enfants, genre Agathe; et celles avec qui tu baises, genre moi. Il ne lui est d'ailleurs jamais venu à l'idée que sa femme pouvait aussi être sa maîtresse et vice-versa.

Quelques mois après la naissance du bébé, revenant du collège, j'arrivai chez Agathe à l'improviste. On était en septembre. Je montai à l'étage et la trouvai dans la chambre du bébé, confortablement installée dans une berceuse de rotin blanc. Elle était vêtue d'une robe de chambre de coton bleu déboutonnée, ce qui me permit de voir ses jambes paresseusement ouvertes, ses cuisses et son sexe qu'effleurait joliment, à chacun de ses gestes lents, la dentelle ajourée du châle blanc du bébé. Agathe avait repris sa taille de jeune fille. Malgré le soleil qui m'aveuglait, je pus aussi voir ses seins enflés, alléchants et accueillants, et ses mamelons généreusement dilatés. Il fallait voir le regard comblé d'Agathe alors qu'elle étirait délicatement son mamelon gauche avec son pouce et son index pour le poser amoureusement entre les lèvres de son fils. Dès que l'enfant commença à téter, elle ouvrit encore plus les jambes, ramena sa tête vers l'arrière et ferma les yeux. Imperceptiblement, Agathe glissa alors sa main droite entre ses cuisses. Perdus dans son poil, ses doigts se frayèrent fébrilement un chemin jusqu'à son clitoris où ils s'immobilisèrent à peine. Ainsi Agathe connaissait-elle le doux confort de l'abandon. Le rayon de soleil qui traversait la chambre à ce moment-là balaya au passage la peau claire du cou d'Agathe, la tête du bébé mollement blottie contre son sein gauche et le cheval de bois dont la crinière de laine jaune paille s'harmonisait parfaitement avec le papier peint vert tilleul qui recouvrait le mur de la chambre.

Mon arrivée la dérangea. Sitôt, elle rabattit le pan de sa robe sur ses cuisses et cacha son sein droit avec le châle.

- Entre, Florence. J'espère que ça ne te gêne pas?

- Me gêner? Moi? Tu veux rire! Tante Flo en a vu d'autres!

Et puisque la maternité l'avait un peu ramollie à mon égard et qu'elle était visiblement dans un moment d'extase, elle se confia à moi.

- Tu sais, Florence, que l'allaitement maternel est une expérience unique. J'avais tout lu sur le sujet mais jamais je n'aurais pu soupçonner que c'était aussi agréable.

- Agathe, les livres...

- Et tu as vu mes seins maintenant? Un peu plus et je te rattrape!

Elle ricana et baissa les yeux, gênée d'avoir osé s'exprimer ainsi. Jamais je ne l'avais entendue parler de son corps avec une telle intimité, une telle liberté. Remplis d'un sens nouveau à peine découvert, les mots qu'elle employait venaient tout à coup bousculer l'idée qu'elle s'était faite d'elle-même et j'espérai, pour un instant, que cette fabuleuse découverte la métamorphosât à jamais.

- Je dois t'avouer que j'aime sentir mes seins lourds, pleins.

Je l'imaginai, généreuse, gourmande, s'offrant à André pour la première fois, reniant enfin et pour la vie tout ce qui l'avait corrompue. J'osai croire que ma mère avait perdu la bataille et qu'Agathe était bel et bien ma sœur de sang, ma semblable, ma jumelle, mon amie, mon alliée, et que la vie allait enfin reprendre le dessus.

- Quelle merveille que d'enfanter. Ma grossesse, je l'ai vécue ailleurs, hors du temps, au-dedans, là, dans mon ventre. Maintenant, tout se passe à fleur de peau. C'est le bonheur parfait. L'amour parfait.

Je me réjouis de la voir parfaitement comblée. Ainsi lui aura-t-il fallu faire un enfant pour arriver à se réconcilier avec ce corps qu'elle avait si longtemps désavoué. La tête et le corps en harmonie, quel beau projet! Après tout, Agathe n'avait que vingt-cinq ans. Et sa vie amoureuse commençait.

Je la voyais déjà faire l'amour à en perdre la tête, histoire de rattraper tout ce temps perdu à compter les péchés mortels. Je l'imaginais entraînant André au pays des merveilles. Adam et Ève au matin de leur premier orgasme!

- C'est si chaud, sa tête contre mon sein. Si confortable, ses petites lèvres qui en demandent encore. Une caresse si tendre, si innocente. Je peux rester des heures à le regarder téter. Et quand il n'a plus faim, je le laisse jouer avec mon mamelon. Il sait y faire, mon homme!

- Ton homme?

Interloquée, je me fis penser à Cendrillon sous les douze coups de minuit.

- Et André dans tout ça?

Black out. Fin de la communication. Agathe me fixa et, en l'espace de trois fois rien, elle redevint la fille de sa mère, l'épouse de son mari et la mère de son fils.

- Maman m'a dit qu'André lui donne le biberon la nuit.

Elle croisa les jambes, resserra les bras. Fini l'allaitement. Le bébé n'approuva pas et se mit à pleurer. Elle le bascula sur son épaule et lui tapota le dos en répliquant sèchement:

- André? Jamais! Mon fils n'aime pas le biberon. J'ai donc décidé de le nourrir à la demande. Dès qu'il pleure, je lui donne le sein. C'est plus naturel et meilleur pour sa santé. Le lait maternel contient tous les éléments nutritifs dont un nourrisson a besoin.

- Évidemment, les éléments nutritifs. Fallait y penser.

Je me levai et me dirigeai vers la porte. Encore une fois, il fallait que je fuie cette atmosphère poisseuse dans laquelle ma sœur et ma mère frayaient avec une telle aisance.

- Dis donc, Agathe, dans tes livres sur l'allaitement maternel, y a-t-il un chapitre sur les mères qui prennent leur pied avec leur bébé?

Elle continua de tapoter le dos de son fils de plus en plus fort.

- Mais rassure-toi. Je n'en parlerai ni à André ni à maman.

Clouée sur sa chaise, les bras encombrés, Agathe me regarda d'un air ahuri.

- Parce qu'André pourrait se sentir trahi en apprenant que sa femme se fait des plaisirs en allaitant son bébé alors qu'elle lui refuse l'accès à son alcôve depuis plus de dix mois! Il pourrait se sentir cocu en apprenant que les seins de sa femme frémissent sous la caresse de la bouche d'un bébé alors qu'il attend depuis si longtemps de se les voir offrir en gages d'amour. Quant à maman, inutile de te dire ce qu'elle penserait de tout cela!

- C'est assez! cria-t-elle.

Le bébé aussi se mit à crier. Sa petite tête, toujours appuyée sur l'épaule de sa mère, bougeait de gauche à droite et son visage, rougi par les pleurs et les cris, grimaçait à chaque sanglot. Ses pieds, ayant réussi à se défaire des langes, battaient vigoureusement contre le ventre d'Agathe. Un chausson de laine bleue tomba par terre et je fus émue par la force que déployait ce petit pied potelé pour tenter de mettre fin à la tempête qui s'était abattue sur sa vie. Premier ouragan sur cette Terre des hommes où, tu verras, on ne tardera pas à t'enseigner l'abc du bien et du mal. Méfie-toi: la perfection est toujours suspecte.

- Et si les caresses intimes données à ton homme sous le couvert de l'amour maternel cachaient autre chose? Remarque, je n'ai rien contre les plaisirs, mais entre adultes consentants seulement!

- Sors d'ici et ne viens plus déranger ma vie avec tes saloperies!

Elle me rappela deux semaines plus tard. Visiblement encore sous le choc de sa grossesse, de son accouchement et de son nouvel état de mère, elle me demanda d'abord de ne pas parler de cet incident à maman et regretta ensuite de s'être ainsi emportée. Affaire classée.

Douze mois plus tard, elle m'annonça qu'elle était à nouveau enceinte.

- On a fait garder le bébé par maman il y a quelques semaines. Je suis en route pour le deuxième!

Et ainsi de suite jusqu'à trois. Avec trois petits sur les bras, Agathe arrêta de travailler. Peu à peu, elle devint une mère à temps plein. Finis les vacances à deux, les week-ends à deux. Ils n'allaient même plus au cinéma. Leur seule sortie était leur visite dominicale chez maman avec les trois bébés. Agathe prit ensuite l'habitude de manger avec les enfants à dix-sept heures trente. André, qui ne rentrait jamais avant dix-neuf heures, devait se contenter d'un repas réchauffé, mangé seul dans la cuisine pendant que "maman" baignait les enfants. Parce qu'il l'appelait "maman"! (Je me demande comment un homme peut avoir un orgasme avec une femme qu'il appelle maman!) Et pour célébrer leur dixième anniversaire de mariage, ils partirent en camping avec ma mère et les enfants.

Bien que je fusse une femme heureuse, chacune des grossesses d'Agathe me perturba. Je la revois encore avec son ventre rond: tout un corps au service de la vie. Les femmes enceintes sont magiques. Fortes. Courageuses. Les femmes enceintes sont des déesses. Porteuses de vie, elles n'ont plus besoin des hommes dont elles gardent secrètement la chaude semence. Même les moins jolies se parent momentanément d'une étrange beauté à l'ombre de laquelle les autres femmes, celles au ventre plat, ressemblent à de pauvres êtres inachevés et imparfaits. Ces tourments s'estompèrent puis disparurent après que j'eus compris que la maternité n'est pas une fin en soi et que le destin des femmes peut s'accomplir ailleurs et autrement.

*n*ous revoilà aujourd'hui, vingt-cinq ans plus tard, assises toutes les deux dans une cuisine à occuper un avant-midi d'avril avec des phrases qui n'ont pas grand-chose à dire. D'ailleurs, pourquoi m'a-t-elle invitée? Et pourquoi suis-je venue? J'ai hésité, tenté d'inventer un alibi pour enfin céder en me jurant que c'était la dernière fois. Huit heures? À neuf heures trente, je pourrai filer en prétextant un rendez-vous. J'ai l'habitude!

Agathe me sert une tasse de café au lait.

- Tu sais qu'André a eu une promotion?

- Ah!

- Je suis si fière. Il vient d'être nommé directeur du CLSC. Il était temps pour lui.

- Bon!

André avait fait des études en sciences sociales. Moyennement doué, sans grande ambition, c'est grâce à la détermination d'Agathe qu'il a réussi à faire son chemin. Ses projets, son plan de carrière, ses promotions, c'est à sa femme qu'il les doit. Comme une mère, Agathe l'aura porté pendant vingt-cinq ans!

- Il a un trac fou. Tu sais comment il est. Toujours aussi peu sûr de lui. Laisse-moi te dire que je ne le lâche pas. Chaque jour, on se parle et je l'encourage. Il faut le pousser, sinon il n'avance pas.

- Dis donc Agathe, c'est de ton mari que tu parles ou d'un de tes fils?

- André a besoin qu'on le pousse dans le dos. Y'a pas de honte à ça. Même si on ne vit plus ensemble, je sais qu'il a encore besoin de moi.

- Et si c'était le contraire? Fous-lui donc la paix. C'est un grand garçon.

- Je sais bien que tu ne l'as jamais beaucoup aimé. Il n'était pas assez bien, pas assez déluré.

Elle fait une pause, ajuste son tir avant d'ajouter:

- Dis-toi qu'il ne t'a jamais aimée non plus.

- Que veux-tu, je ne suis pas son genre!

- Il ne t'a d'ailleurs jamais pardonné de l'avoir ridiculisé le jour où il t'a si gentiment offert son aide.

Ah! cette histoire. Après son mariage avec Agathe, André avait pris très au sérieux ses nouvelles fonctions au sein de notre famille. Quand à dix-huit ans je décidai de quitter la maison, ma mère, qui n'osait jamais m'affronter, délégua André à qui j'expliquai que je ne vivais jamais chez maman. J'étais devenue une sorte de touriste dans sa maison et il valait mieux que je m'en aille vivre ailleurs.

André essaya donc de me convaincre de rester chez maman jusqu'à mes vingt ans, au moins! Devant mon refus, il termina sur un ton très entre-copains-on-se-comprend:

- Flo, je crois que tu fais fausse route en t'imaginant que les hommes t'aiment vraiment. Avec des filles comme toi, dis-toi que les hommes ne pensent qu'au plaisir.

- Ça c'est bien!

- Ils se servent de toi, t'utilisent à leurs propres fins. C'est tout. Ils ne te respectent pas. Tu n'es qu'un objet entre leurs mains. Prends garde. Mais si jamais tu as besoin de moi, demain ou dans cinq ans, je serai toujours là.

- Pour baiser?

Il était sorti en claquant la porte et ne m'avait plus jamais adressé la parole!

- Agathe, avoue quand même que c'était drôle.

- Drôle? Au lieu de rire, tu aurais dû suivre ses conseils. Ça t'aurait peut-être aidée à vivre une vie un peu plus...

- Décente?

Agathe remue sa cuillère dans sa tasse et ne répond pas. À moi de jouer.

- Dis donc, Agathe, je me demandais si par hasard, depuis qu'André t'a quittée...

- Nous nous sommes séparés d'un commun accord...

- Bon, c'est comme tu voudras. Alors, je me demandais si tu n'avais pas cherché à rencontrer quelqu'un d'autre.

- Cherché à rencontrer un autre homme?

- Ouais. Après tout, la vie ne s'arrête pas à André Mercier.

Touché. Agathe ramasse les quelques miettes de pain échappées sur la table et retrouve son aplomb.

Agathe n'a jamais aimé parler d'elle, de ce qu'il y a au-dedans. Il y a toujours eu cette façade, lisse, impénétrable. C'était comme ça avec ma mère. Pas un mot sur la peine d'avoir perdu l'homme de sa vie. Pas de vulnérabilité. Pas de faiblesse. Pas d'abandon. Pas de larmes. Rien que du courage. Ou ses apparences.

- Quelqu'un d'autre? Tu veux rire? Il y a bien Jean-Pierre. Tu sais, mon ex-voisin? On se voit de temps à autre. On est copains. Tu comprends?

- Copains? Non, je ne comprends pas.

Le copinage entre un homme et une femme est pour moi l'une des plus grandes énigmes des relations humaines. Je me suis souvent demandé pourquoi je n'ai jamais réussi à entretenir des relations amicales soutenues avec les hommes. C'est probablement à cause de la façon dont je les regarde. Chaque fois que j'en rencontre un qui semble valoir le détour, une seule question me vient à l'esprit: est-ce qu'il pourrait oui ou non devenir mon amant? Je regarde ses yeux, sa bouche, ses mains, son cou. Je l'écoute parler. J'essaie d'identifier son odeur, d'imaginer son sexe et de deviner s'il a du talent. Tous les mâles, à part les anonymes et les hommes des femmes que je connais, tous sans exception sont d'entrée de jeu des amants potentiels. Un de ces jours, il faudrait que je demande à Agathe à quoi elle pense quand elle voit un homme!

- Et ce Jean-Pierre, tu ne t'es jamais demandé de quoi il pouvait avoir l'air au lit?

Agathe n'a jamais regardé les hommes en pensant à la baise. Elle n'a jamais rêvé de faire bander un homme.

- Florence! C'est un ami! Et il est si gentil avec moi. Non. Jamais je n'oserais briser une si belle amitié pour une histoire de sexe.

Elle n'a jamais planifié, organisé, orchestré ses nuits d'amour. Elle n'a jamais frémi dans la cabine d'essayage d'une boutique de lingerie fine, en essayant, par un beau mardi après-midi, des sous-vêtements coquins qu'elle aurait choisis expressément pour son amant.

- Qui sait? Jean-Pierre est peut-être un amant formidable. Tu devrais aller voir de plus près! Je suis certaine que tu manques une bonne affaire!

- Une bonne affaire? Tu es dérangée ou quoi?

Je l'ai fait rougir. Elle n'aime pas ce que je viens de lui dire. Elle ne veut pas penser à ce qui arriverait si elle se retrouvait au lit, toute nue, avec Jean-Pierre. Elle ne veut pas s'imaginer caressant son sexe de ses mains moites et maladroites. Elle refuse d'aller jusque-là parce qu'elle a peur juste à l'idée qu'elle pourrait en avoir envie, un petit peu, pour un moment, comme ça, sans que personne ne le sache. Elle n'ose plus me regarder et se défile en prenant son air femme-sûre-d'elle-même des grands jours.

- Maman avait raison. Pas plus de maturité qu'à quinze ans. À t'écouter, les relations sexuelles, il n'y a que ça qui peut exister entre un homme et une femme. Comme si les hommes et les femmes ne pouvaient pas communiquer autrement, comme si toute autre forme de dialogue était impossible. Quand je rencontre un homme, Florence, c'est avec la personne tout entière que j'essaie de communiquer. Pas uniquement avec ce qu'il y a en bas de la ceinture.

- Tu ne sais pas ce que tu manques!

Agathe ne comprend pas où je veux en venir. Sa pudeur, sa bienséance, sagement apprises de maman, ont tôt fait de censurer nos relations. Aucune complicité possible entre elle et moi; aucun terrain d'entente. Nous sommes, et ce depuis toujours, destinées au champ de bataille!

- Et ça te suffit?

Puisqu'elle n'a pas l'habitude des situations d'où elle risque de sortir perdante, elle essaie vite de retomber sur ses pattes.

- Oui, si tu veux savoir, ça me suffit. Et puis, je n'ai pas vraiment envie de m'impliquer à fond dans une autre relation.

- Je ne te parle pas de mariage. Je te demande si tu as envie de baiser Jean-Pierre Machin. C'est pas si compliqué: BAISER. Cherche dans ton dictionnaire. Tu verras. C'est un mot bien français, accepté par l'Académie. Les académiciens aussi, ils baisent!

- Ça va, j'ai compris.

- Chère Agathe, quand vas-tu enfin appeler les choses par leur nom? Toi, tu ne baises pas, tu es en état d'amour, tu t'impliques dans une relation. Tu ne penses pas à prendre un amant, tu cherches un ami, un compagnon.

- C'est terminé ton cours de sémantique? Regarde ma vie, Florence. Je travaille, je m'implique, j'ai trois grands gars qui ont encore besoin de leur mère. Je n'ai pas le temps. Je suis trop occupée.

Et vlan! le mot est lâché. Agathe pas-le-temps-de-baiser. Agathe pas-le-temps-de-jouir. Agathe pas-le-temps-d'aimer.

- Trop occupée pour aimer?

Je le savais. Je l'ai toujours su. Ils ont dû faire leurs trois enfants en dix minutes. Et que ça saute! On est des gens occupés, nous. Comme si on n'avait que ça à faire!

- Et puis, je ne suis pas comme toi, moi.

- Ah non?

Elle hésite un instant, sirote son café tiède. Elle a l'air d'une vieille fille, comme ça, le nez dans le fond de sa tasse. Peut-être est-elle capable d'y lire son avenir? Le marc t'est-il favorable? Une importante rentrée d'argent ou le grand amour? Inutile d'espérer. De toute façon, tu ne saurais pas quoi en faire.

Que va-t-elle me sortir maintenant? La seule fois qu'elle a osé me prendre de front fut lors du décès de notre mère.

Nous étions dans la chambre à coucher de maman. Les rideaux étaient tirés. Seule la lueur de la lampe de chevet éclairait la pièce qui sentait encore les médicaments. Agathe s'apprêtait à vider les tiroirs. J'étais assise sur le lit.

- Tu veux m'aider?

- Non. Je préfère pas.

Comme une étrangère, je regardais Agathe patauger dans les affaires de maman. Toute une vie bien rangée dans quatre tiroirs.

- J'ai peine à croire qu'elle n'est plus là. Quel vide. Son absence me fait mal, Florence.

Agathe ouvrit le premier tiroir. Avec minutie, elle dépliait et repliait chaque vêtement. Parfois, elle portait un lainage à son visage. Elle le sentait. Le caressait.

- Je ne m'y ferai jamais.

Dans ses mains, des jupons démodés, des bas, des sous-vêtements jaunis. Tiens, la chemise de nuit que je lui avais offerte à Noël. Je devais avoir onze ou douze ans. Bien enveloppée dans un sac fripé. Elle n'a jamais été portée!

- On n'y peut rien, Agathe. La vie. La mort. C'est comme ça.

Que pouvais-je dire de plus? La mort de l'autre n'a de signification réelle que dans la mesure où elle nous ampute une partie de nous-même. Et ma mère ne méritait pas que je meure un peu avec elle.

Sur la commode, des bijoux de peu de valeur, des petites boîtes, entourées d'une bande élastique et remplies de souvenirs morts depuis longtemps. Agathe se mit à pleurer. Peut-être attendait-elle que je la console? Que je la prenne dans mes bras pour lui dire que ça irait et que le temps arrangerait tout! Mais immobile, je la regardais pleurer. Insensible. Ne sentant chez moi aucune affliction, elle remballa ses larmes et changea de tactique. Sans lever les yeux, elle dit sèchement en haussant le ton:

- Ne cache pas trop ta peine! De toute façon, je sais très bien que tu ne mourras pas de chagrin.

Plus un mot. Quelques sanglots. Des soupirs. J'étouffe ici. Dans un vase, sur la table de nuit, quelques roses fanées prêtes elles aussi pour le cimetière. Agathe ouvrit un autre tiroir. Des papiers, des lettres venues de nulle part, des clés, de l'argent. Tout en laissant courir ses mains parmi les objets épars de la morte, elle me dit froidement sans me regarder:

- Maman ne parlait jamais de toi quand nous allions chez tante Madeleine et oncle Paul. Quand ils demandaient de tes nouvelles, elle mentait en racontant que tes études occupaient toute ta vie, ce qui expliquait tes absences et la lenteur que tu mettais à te trouver un mari.

Agathe caressait maintenant un petit carnet ligné, noirci d'une écriture d'enfant sage. Des mémoires peut-être. Les souvenirs de l'autre vie, quand ma mère avait tout pour être une femme.

- Mais pourquoi mentir? Ma vie ne regarde pas tante Madeleine.

Agathe osa ouvrir le carnet. Comme ça, elle ressemblait à un enfant de chœur tenant son missel.

De quel droit les vivants se permettent-ils de fouiller ainsi dans la vie des morts? Une fois leur souffle à jamais éteint, on les dépouille de leurs secrets. On prend. On dispose. Non, vraiment, les petites vies ne devraient jamais laisser de traces.

- Pourquoi mentir? Tu veux savoir pourquoi il fallait mentir? Tu veux vraiment savoir? Comme si tu ignorais les soucis que tu nous a causés.

Agathe n'avait plus de peine. Non. Mais de la colère, de la rage, de la hargne. Abandonnée sur le champ de bataille, l'enfant chérie allait devoir régler ses comptes seule.

- Elle mentait pour que personne ne sache ce que tu étais devenue.

Agathe me regarda dans les yeux, referma le carnet et le rangea au fond d'une boîte, sous une pile de vêtements.

- Et tu sais aussi qu'elle pleurait le soir quand tu ne rentrais pas? Je devais la consoler. Chaque fois, c'était la même histoire. Quelle inconscience!

- Heureusement que tu étais là!

Agathe jeta brusquement deux flacons de parfum éventé, un peigne et une brosse, des papiers et quelques boîtes vides. Elle vida aussi le contenu d'un ancien sac à maquillage et rangea deux porte-monnaie de cuir qui n'avaient jamais servi.

Puis, du fond du dernier tiroir, elle sortit un vieil album de photos qu'elle ouvrit religieusement. Elle tourna la première page de papier noir sur laquelle étaient collées quatre photos. Elle tourna la deuxième page, la troisième, la quatrième. Les petits triangles de papier argenté qui retenaient les photos écornées brillaient à peine dans le clair-obscur de la chambre. Agathe recommença à pleurer. Silence dans cette maison morte. Elles étaient donc là, les photos interdites! Si j'avais voulu, ce jour-là, j'aurais su toute la vérité entourant la vie et la mort de mon père. Pourquoi n'avoir pas exigé d'Agathe des explications? Elle devait bien savoir. Elle avait presque quinze ans quand c'est arrivé. Elle était dans la chambre avec maman et tante Madeleine le jour de l'accident.

Pourquoi n'ai-je pas été plus curieuse?

Parce que la mort de ma mère marqua un point final dans ma vie. Privée à jamais de père, de mère et de famille, je n'eus plus aucune envie de savoir. Le passé, la vie de ces gens ne m'intéressaient plus. On m'avait enlevé mon père depuis si longtemps. Quant à ma mère, elle m'aura échappé. Absolument. Emmurée dans ses silences et dans ses secrets, bâillonnée par ses pudeurs, elle n'aura réussi à garder de lien vital avec le monde extérieur qu'à travers sa relation avec ma sœur.

Agathe referma jalousement l'album et le rangea dans une boîte.

- Ta vie la bouleversait.

Maintenant, elle criait presque.

- Elle détestait ta façon de t'habiller et de te maquiller.

Agathe se mit alors à bousculer les objets. Des bijoux tombèrent par terre. Cliquetis. Un sac à main de cuir se retrouva sur une pile de journaux. Finies les larmes. D'un geste autoritaire, elle ouvrit tout grands les rideaux. Le soleil nous aveugla. Ses cris m'assommaient.

- Te rends-tu compte qu'elle avait honte de toi?

La chambre ainsi éclairée par le soleil prit soudain un autre aspect. C'est comme si la mort avait foutu le camp par la fenêtre. Comme si l'odeur des médicaments avait eu peur du jour. La lumière nouvelle me dévoila une Agathe vieillie, meurtrie. Cheveux mal coiffés, maquillage délavé, Agathe était orpheline. Elle aurait désormais à faire l'apprentissage du douloureux sentiment d'avoir été laissée là, toute seule sur la Terre. Dépossédée. Sans père ni mère. Sentiment avec lequel j'avais appris à vivre depuis si longtemps.

Sans plus aucun respect pour les lieux, Agathe remua quelques meubles, débarrassa la table de chevet des flacons de médicaments oubliés et vida la garde-robe des derniers cintres.

- Tu n'as jamais aimé ta mère, Florence. Tu l'auras déçue sur toute la ligne.

Agathe semblait prendre plaisir à cette scène dont elle connaissait toutes les répliques. Auteur, metteur en scène et acteur, elle tirait avec adresse sur toutes les ficelles à la fois. Toutes, sauf une.

- Tu es certaine de ce que tu avances?

Ma question lui fit perdre un peu de son équilibre. En bon soldat, elle préféra se replier, histoire de préparer la prochaine attaque. Et pour masquer son embarras, elle s'employa à refaire sa coiffure en me disant avec une aisance de mauvais ton:

- Il y a, bien sûr, tes études et tes succès professionnels dont elle fut assez fière.

- À ce chapitre au moins, j'ai réussi à livrer la marchandise.

Mais Agathe ne pouvait pas me laisser aller avec cette victoire. Elle se retourna vivement. Pour un moment, je crus qu'elle allait me sauter dessus.

- Oui, mais maman n'a jamais su que tu as fait la moitié de ton cours classique en étudiant durant les récrés et qu'au cégep et à l'université, tu passais plus de temps dans les résidences des étudiants qu'à la bibliothèque. Je savais, moi, à quoi tu occupais ton temps. Et si on parlait des moyens que tu as trouvés pour payer tes études?

Comment savait-elle?

- Il fallait bien vivre. Mais rassure-toi, mes clients n'étaient que des gens bien, dont certains de tes amis, ma chère!

- Tout a toujours semblé si facile pour toi, Florence. La vie, les études, les hommes, l'argent. Jamais d'effort. Seulement des réussites. Mais ne te leurre pas. Il y a une chose que tu n'as jamais eue et que tu n'auras jamais.

- Ah oui? Et laquelle?

Agathe déposa sur le bureau la pile de draps qu'elle tenait dans ses mains et leva la tête bien haut.

- Maman ne t'aimait pas, Florence! Elle ne t'a jamais aimée. Dis-toi bien qu'elle ne t'a même pas désirée. Cette grossesse fut un cauchemar. Elle a essayé d'avorter: cure de vin, travaux ménagers éreintants, longs voyages en auto sur des chemins de campagne. Tout. Mais toi, tu t'agrippais. Tu voulais rester là. Alors elle t'a eue, t'a endurée. Mais elle ne t'a jamais aimée. Tu étais une étrangère.

Agathe baissa les yeux. J'eus envie de vomir.

- Nous étions si bien, elle et moi. Juste toutes les deux.

Agathe me fixa droit dans les yeux. J'eus envie de pleurer.

Je sortis de la maison et quittai la ville pour quelques jours. Agathe ne me pardonna jamais de n'avoir pas assisté aux funérailles.

*L*es yeux rivés sur la table, Agathe s'amuse à empiler des carrés de sucre.

-Non, Florence, je ne suis pas comme toi. Je n'ai jamais eu ce besoin, presque maladif, d'avoir un homme dans mon lit. Et Dieu sait que tu as su garder le tien au chaud! J'ai toujours pensé que tu aurais dû consulter à ce sujet.

- Consulter?

- Oui. C'est un problème de comportement auquel il y a des solutions.

Bon. Si c'est sur ce chemin-là que tu m'entraînes, je veux bien te suivre. Mais sache que c'est à tes risques. À ce chapitre, mon champ d'expertise est plus vaste que le tien.

- Alors, selon toi, les gens qui ont une vie sexuelle active devraient consulter. Bizarre quand on sait que la majorité des gens qui consultent sont au contraire ceux qui ne baisent plus! Dans ce domaine, contrairement au cholestérol, à l'alcool ou au tabac, l'excès est une vertu!

- Voyons, Flo, ne fais pas l'innocente. Tu sais très bien ce que je veux dire. Il n'est pas normal, enfin il n'était pas normal à l'époque qu'une si jeune fille ait une vie sexuelle si active...

- Et aujourd'hui, ça l'est?

- Et il n'est pas normal qu'une femme de quarante ans...

- ...prenne encore tant de plaisir à faire l'amour?

Agathe fait semblant de n'avoir pas entendu. Et si je lui déballais tout maintenant, comme ça, en vrac, sur la table, au beau milieu de la petite muraille de sucre qu'elle a si habilement dressée entre nous.

- Tu veux savoir quand j'ai baisé pour la première fois?

Ce petit jeu m'amuse. J'ai l'air de quoi? Rien de moins qu'une enfant qui se vante d'avoir mangé plus de bonbons que ses copains! Na-na-na-na! En faut de si peu. Sa présence, son assurance, son bon droit ont toujours encouragé ma délinquance. Comme si, pour remettre la vie à l'endroit, il fallait chaque fois que je lui fasse un pied de nez, histoire de faire souffler un vent de folie sur sa vie empesée, engoncée, stérilisée. La dérision et le cynisme sont des armes meurtrières.

- C'était la veille de tes noces.

Et puis ces insultes ne sont pas aussi inutiles qu'elles en ont l'air. Elles ont pour effet immédiat de l'ébranler, de la déstabiliser pour enfin l'obliger à diagnostiquer, secrètement, l'état misérable de sa pauvre âme. Je sais qu'Agathe troquerait sa cargaison de vertus pour le plus beau de mes orgasmes. Qu'au fond, ma mère enviait mes audaces et mes plaisirs. Et qu'elles ont toujours su toutes les deux, sans jamais avoir eu le courage de l'admettre, que j'étais en vie et que cette vie était plus forte qu'elles. La crainte de l'autre, de sa différence, et le rejet qui s'ensuit témoignent plus souvent qu'autrement de notre propre fragilité.

- Mais tu n'étais qu'une enfant!

- Déjà mon hymen me pesait lourd. Je n'aimais pas ma virginité, ma pureté, cette blancheur qui fait penser au net, au désert, au vide. J'avais un urgent besoin d'être habitée.

Agathe se lève, range le lait dans le frigo, revient s'asseoir.

Le soleil éclaire maintenant toute la cuisine. Les cactus d'Agathe participent activement au silence qui pèse sur la maison et je sens qu'il y a de l'électricité dans l'air. Mais elle ne se laissera pas prendre au piège si facilement. Elle est plus forte que cela. Armée jusqu'au fond de l'âme, elle est prête à mourir sur-le-champ pour défendre la vertu.

- Tu veux encore du café? Qu'est-ce que j'ai fait là? Comme je suis distraite. J'ai remis le lait au frigo!

Agathe se lève une autre fois. Elle est fébrile, nerveuse, agacée. Mais elle demeure correcte. Ma mère disait d'elle qu'elle était vertueuse, c'est-à-dire qu'elle "savait se tenir", ce qui signifiait, ultimement, qu'elle "savait dire non". Cela la faisait rougir quand ma mère parlait ainsi de sa vertu. Agathe rougit facilement. Comme c'était bien d'être vertueuse! On accumulait des indulgences, comme d'autres des médailles, mais qui à l'heure de la mort rendent les âmes si lourdes qu'elles restent emprisonnées au fond des tombes!

- Un urgent besoin d'être habitée! Mais qu'est-ce que c'est que ces histoires? Maman avait bien raison. Au fond, tu ne penses qu'à toi, qu'à tes plaisirs, qu'à tes intérêts. Tu n'as aucune morale. Heureusement que tu n'as jamais eu d'enfant! Tu veux savoir ce que j'en pense, moi, de ce que tu appelles tes histoires d'amour? C'est pas de l'amour, c'est de la consommation. Prendre, profiter, jouir comme tu dis si bien. Mais ce qui m'intrigue, c'est cette obsession du plaisir. Je t'entends parler de plaisir, de jouissance depuis si longtemps. Mais t'ai-je une fois, une seule fois, entendu parler d'amour? N'as-tu jamais aimé quelqu'un, Florence? Quelqu'un à part toi, bien sûr.

- Si. Il en vint plusieurs que j'ai aimés, qui m'ont aimée et que je n'ai jamais appelés des "quelqu'uns".

J'ai eu la chance inouïe de choisir les hommes que j'allais aimer et qui allaient m'aimer. Bien sûr, ça demande du flair, de l'instinct. Le choix de l'homme qu'on invite dans son lit et qu'on fait entrer dans sa vie n'est pas toujours facile. D'abord éviter les naïfs pas encore sortis de l'enfance qui vouent un amour inconsidéré pour leur mère. Danger! ils sont en général d'une gentillesse extrême, agaçante; ils aspirent à la perfection et n'ont aucun signe de folie, de délinquance ni d'astuce dans le regard. Il faut aussi se mettre à l'abri des hommes roses, vous savez ceux qui ont des nausées lorsqu'ils sont enceints et qui rêvent d'accoucher à la place de leur femme! Souvent, ils préféreront un bon verre d'eau de source naturelle à un Château d'Yquem et une randonnée pédestre à une journée au lit dans une auberge de campagne. Je classerais mon beau-frère André dans cette dernière catégorie, bien qu'il soit aussi de la première. Un homme complet, quoi!

Il faut fuir les machos psychopathes qui baisent tout ce qui bouge et qui croient que l'essence même de la virilité réside dans le seul fait de bander. On les voit encore errer dans les bars pendant que leur femme élève leurs enfants dont ils ont toujours une photo dans leur porte-monnaie de cuir fin. Enfin, il y a les gars, les vrais, ceux qui ne peuvent pas se passer d'un week-end avec d'autres gars. Vestiges de leur adolescence depuis long-temps disparue, ces virées entre mâles revêtent un plus grand intérêt que n'importe quelle expérience érotique avec la femme de leur vie.

À vrai dire, rares sont les hommes qui aiment vraiment les femmes. Peu d'hommes se préoccupent autant du plaisir qu'ils donnent que de celui qu'ils reçoivent. Les plus grands amants sont ceux pour qui chaque expérience sexuelle est unique, inédite. Une œuvre d'art.

Avec Benoît, j'avais bien commencé. Au chapitre du dépucelage, je suis une des rares femmes que je connaisse pour qui l'initiation fut une réussite totale. Forte de cette expérience, je compris qu'il valait mieux d'abord connaître les hommes à la ville avant de les retrouver dans son lit, ce qui m'évita bien des désagréments. Mes amants furent tous, à une exception près et mis à part mon petit négoce du temps de l'université, des hommes que je connaissais déjà ou que je m'employais à connaître avant d'en faire mes amants. Mes critères de sélection ont tou-jours été rigoureux. En cas de doute, je peux repousser la chose pendant des semaines et même des mois.

- On ne donne pas sa vie à un homme rencontré comme ça au hasard, Florence.

- Mais si, Agathe, on la lui donne, entièrement, exclusivement. Et après, on en meurt! Ou presque.

Montréal. Septembre 1989. Une rencontre bête dans une librairie, un dimanche après-midi pluvieux où il n'y a rien à faire. Je feuilletais le magazine *Lire*, implorant Bernard Pivot de me suggérer un livre pour tuer le temps qui passe parfois trop mal, lorsque je sentis une présence, une odeur, un souffle mâles s'insinuer dans mon espace. Je me retournai et levai les yeux vers un grand gars qui me fit penser à Sam Shepard. Pas mal. Un sourire. Contact. Un homme venait d'entrer dans ma vie sans frapper. Pour qui se prend-il? Après tout, qu'est-ce que j'en ai à faire, moi, des hommes qui s'ennuient le dimanche?

Sans savoir pourquoi, je m'égarai quelques minutes dans ses yeux, puis reposai Pivot sur le présentoir.

- J'ai faim; pas vous?

- Mais si; pourquoi pas!

Dehors, il pleuvinait sur les parapluies ouverts qui, multicolores et multiformes, s'éparpillaient librement sur les trottoirs, donnant à l'ensemble de l'avenue l'allure d'un jardin anglais. Nous entrâmes dans un café désert. En sourdine, une chanson de Brassens que chantonnait une jeune serveuse; en suspens, une odeur de café réchauffé qui me donna aussitôt envie d'un verre de vin chaud. Nous nous assîmes au fond du restaurant. Une lampe opale en forme de tulipe suspendue au plafond éclairait à peine la table exiguë qu'on avait adossée au mur. L'homme assis près de moi était beau. Ses yeux gris, que surplombait un front large et lisse, avaient la forme de ces amandes douces que les enfants s'amusent à découvrir en suçant des dragées, les jours de baptême. Sa bouche, régulière, charnue, donnait sur un menton parfait, orné d'une fossette dont je reconnus la pareille sur la joue gauche, au premier sourire. Comme les dieux sont généreux le dimanche!

Après avoir fait son service, la jeune fille disparut derrière son comptoir. L'homme me regarda longuement. Un sourire débordant de tendresse annonça une première caresse: le revers de ses doigts glissa lentement sur ma joue déjà chaude pour aboutir à ma bouche qui répondit par un baiser. Brassens se tut. Les quelques minutes de silence qui suivirent durèrent une éternité. Trenet prit la relève. La main de l'homme abandonna mes lèvres, glissa lentement sur mon cou et dériva vers mon épaule où elle s'immobilisa avant d'oser s'aventurer sur mon sein. L'audace me plut. L'homme ne parlait pas. Ma main droite délaissa le pied du verre de vin pour aller se poser sur la cuisse de l'homme, sous la table. Aucune parole, aucun autre geste ne vint perturber cette chorégraphie amoureuse, sauf un baiser qui osa s'étaler ouvertement dans le demi-jour de ce café abandonné.

- C'est la première fois que je rencontre une femme aux yeux jaunes.

- En fait, ils sont marron.

- Non. Ils sont jaunes.

- Ils sont marron le jour. Et jaunes quand je fais l'amour, et aussi quand je suis en colère. Ma mère disait que c'étaient là les yeux d'une sorcière.

- Oui bien sûr. Je parie que ta mère, qui devait être une femme vertueuse, ne se mettait jamais en colère...

- ...et elle ne baisait jamais!

La jeune serveuse refit surface. Elle nous tendit l'addition et tourna des talons tout en sifflotant, cette fois, une chanson des Beatles.

- Mes yeux sont-ils vraiment jaunes maintenant?

- Laisse voir. Ton iris est d'un jaune d'or unique, et tout autour, il y a une jolie ligne marron.

- Et si nous allions ailleurs?

Nous marchâmes jusque chez lui.

Le ciel gris fer, quoique émaillé de quelques taches bleutées qui ressemblaient au beau temps venu s'installer dans ma vie, avait gardé toutes les traces de la pluie qui ne pleuvait plus. Et c'est sur des trottoirs éclaboussés par des automobiles trop pressées que j'appris que cet homme s'appelait James; qu'il était américain; qu'il avait fait ses études à Paris; et qu'il enseignait la littérature américaine à l'université. Sa maison lui ressemblait. Chaude, invitante, à l'abri de tout. Le salon, envahi par des livres sagement rangés sur les rayons de trois imposantes bibliothèques de bois verni, était garni de mille objets venus des quatre coins du monde. Un globe terrestre, plus gros que la Terre elle-même, occupait un espace infini près d'une fenêtre donnant sur la rue, et un chat, minuscule et tout gris, dormait sur un divan de cuir grenat disposé devant un vaste foyer dont on avait dû se servir la veille. James me prit tendrement dans ses bras et m'entraîna sur le divan, ce qui dérangea le chat gris qui se sauva en marmonnant.

- Tristesse! c'est une fille aux yeux jaunes que j'avais invitée chez moi. Et voici que tes yeux sont redevenus marron.

Je portai alors sa main droite sur mes paupières puis mes lèvres et m'attardai à lécher ses doigts, à les mordiller. Je décidai ensuite de lui faire découvrir mes seins, sous mon pull de laine cette fois. Je promenai d'abord ses paumes sur le dessus de chaque sein, permis à ses doigts de repérer mes mamelons. James s'y attarda. Je le laissai faire. Sentant son souffle, je demandai un baiser qu'il ne sut me refuser. Il prit ensuite ma main droite et la posa sur son sexe que je sentis bandé sous le velours côtelé de son pantalon noir. James n'hésita pas un instant et ouvrit les jambes, ce qui me permit de glisser librement mes mains sous ses testicules, zone érogène fabuleuse pour qui sait y faire.

- Montre-moi tes seins.

La peau blanche de mes seins, audacieusement recouverte d'une fine dentelle aubergine, aussi douce que celle d'une pêche... James s'y perdit avec gourmandise. Joliment offerte à ses désirs et à ses envies, je le laissai deviner mes secrets, mes tentations et mes plaisirs. Petit à petit, il chemina sur mon corps en y créant tout un ballet de caresses dont quelques-unes, inspirées de je ne sais quel continent, m'étaient étrangères. Comme un peintre ou un sculpteur, il s'attarda ici, regarda là; lécha avidement, caressa plaisamment; toucha du bout des doigts et prit à pleines mains pour enfin rendre les armes au fond de mon ventre. Une histoire peu banale commença ce dimanche-là sur ce divan grenat.

Une histoire d'amour.

La fin du jour avait répandu sur la ville une lumière opaque qui me donna l'envie de rester couchée contre James pour toute la vie. Le ciel gris, teinté de longues traînées mauves, ressemblait à un dessin d'enfant et le chat, ayant constaté que le calme était revenu, osa venir se lover contre ma cuisse.

- Tu restes à dîner?

- Non. Je ne peux pas.

Je mentais.

- Je ne veux pas. C'est la première fois que je fais l'amour à un homme rencontré dans une librairie un dimanche après-midi d'automne! J'ai besoin de faire le point là-dessus!

- Faire le point? Ah! ces intellectuelles...

Je l'embrassai, et alors que je montais dans le taxi, je l'entendis me dire d'une voix que je n'oublierai jamais:

- *Love you!*

De tous les hommes que j'avais aimés, James m'avait touchée là où personne n'était encore allé. En moins de six heures, cet homme s'était installé dans ma vie, y avait fait place nette. J'avais beau retourner la situation dans tous les sens, analyser, décortiquer, je ne voyais pas comment il s'y était pris. Il y avait chez lui une telle tendresse, une telle force, une telle intelligence des choses et des gens. Il savait vivre. Et c'est probablement ce talent pour la vie qui m'attira, me séduisit et m'envoûta. Rentrée chez moi, je trouvai un message sur mon répondeur:

- *Love you. Love you.* Vous êtes, madame, la plus belle au monde. Si vous voulez, un jour, je vous ferai un enfant. D'ici là, et après, je serai votre amant inconditionnel.

Je ne pus m'empêcher de l'appeler pour lui souhaiter une bonne nuit et prendre rendez-vous pour le lendemain.

J'étais amoureuse.

*a*gathe n'en finit plus de plier et de déplier sa serviette de table. Elle aimerait sûrement mieux que je parte et qu'on en finisse là. Mais, tout compte fait, j'ai bien envie de rester. Je ne donne pas de cours aujourd'hui. J'ai tout mon temps.

- Regarde ta vie, Flo. Quarante ans, pas de mari, pas d'enfant, pas d'attaches. Je sais. Tu n'aimes pas André et mes fils te laissent indifférente. Mais moi je ne finirai pas ma vie toute seule. Tu ne t'imagines tout de même pas que tes amants d'une nuit se bousculeront à ton chevet quand tu seras vieille et laide. Tu ne pourras pas continuer à danser le tango encore bien longtemps, à moins que tu aies l'intention de passer ta ménopause à chanter *Haut les mains!* Ta jeunesse doit bien commencer à te filer entre les doigts, non? Tes amants, tu les choisis encore parmi tes collègues ou peut-être as-tu déjà commencé à regarder du côté de tes étudiants? Y'a rien de plus pitoyable qu'une femme qui fréquente un garçon dont elle pourrait être la mère!

- Victor Hugo, Charlie Chaplin et Alain Delon, tu en dis quoi?

En me sermonnant sur mon célibat, ma solitude et mon utérus stérile, Agathe croit avoir atteint sa cible. Erreur.

- D'accord: pas de mère, pas de père, pas d'enfant, Agathe. Juste un amant de trente ans, qui n'est pas l'un de mes étudiants si ça peut te contenter. Mais si c'était le prix à payer pour être heureuse, pour ne pas passer à côté de la vie, ça y est, j'ai payé mon dû, plus d'une fois merci! Parfois, avec Mathieu (lui, c'est mon amant), je me sens vieille, comme si la vie, les projets, c'était plus mon affaire. D'autres fois, les dix années qui nous séparent me donnent une énergie nouvelle. Mathieu parle comme quelqu'un qui n'a pas de passé, seulement un avenir. Il fut un temps où moi aussi j'avais beaucoup d'avenir et si peu de passé. Sans jamais penser ni à hier ni à demain, je dévorais du temps comme tu te gaves de luzerne. Quand on a vingt ans, vingt-cinq ans et même trente ans, on s'imagine que les visages sans rides, les ventres plats, les cœurs légers et les désirs comblés sont éternels. On croit en sa bonne étoile, jamais à la fée Carabosse. J'aurais aimé naître en mille neuf cent quatre-vingt. J'aurais eu vingt ans en l'an deux mille. Ça doit être exaltant d'avoir devant soi toute la fin d'un millénaire puis en prime la moitié d'un nouveau siècle. J'aurai cinquante ans en l'an deux mille. Et toi, Agathe ma jolie, presque soixante! Et puis, j'en ai assez. Je ne veux plus entendre parler de ta vie exemplaire, de ton mari exemplaire, de tes fils exemplaires. Rien de tout ça n'est exemplaire, Agathe, parce qu'il n'y a rien de tout ça qui existe vraiment. Toi non plus, à ce que je sache, tu n'as pas de mari. Tes fils, tu les vois deux fois par mois, au restaurant, dans des dîners organisés, et ta vie, tu la passes toute seule entre tes cactus et tes malades. Tu peux me dire c'était quand ton dernier orgasme?

Agathe va éclater? Non. Elle encaisse, ramasse sa serviette qu'elle a laissé tomber sur le plancher de céramique. Elle n'ose plus me regarder. Et puis, tout d'un coup, ça y est. Elle rougit, tremble, vocifère.

- Encore ça, hein? Tu ne penses qu'à ça. Ça t'obsède. Mes orgasmes! Voir si ça te concerne. Je n'ai jamais affiché mon intimité sur la place publique, moi. Je ne me suis jamais fait un point d'honneur d'être un objet sexuel. Je ne suis pas une putain, moi. Et puis je suis normale, si tu veux savoir. Tout à fait normale. À preuve, j'ai fait trois enfants.

- Normale? Soit, tu as fait trois enfants que je te soupçonne d'avoir aimés plus que ton mari et qui auront servi à combler le vide affectif de notre vie familiale et de ta vie conjugale.

- Tu peux bien en parler de mes grossesses. À chacune, tu te morfondais dans ta jalousie. Maman avait raison. Tu n'es qu'une femelle qui n'a jamais réussi à être une femme.

- Subtile distinction!

Le téléphone sonne. Agathe se lève rapidement, soulagée d'échapper aux tourments de notre conversation.

- Allô. André! Ça va? Non, non, tu ne me déranges pas. Florence est ici. On est en train de déjeuner. On placote. Tu sais ce que c'est, des conversations de filles, rien d'important!

Rien d'important? Comment ça, rien d'important? Mais dis-lui donc que tu es coincée. Avoue que tu aimerais mieux être ailleurs. Et puis, tant qu'à y être, demande-lui donc à ton André à quand remonte ton dernier orgasme.

- Tu ne peux pas venir souper avec les gars samedi prochain? Ah bon! T'as trop de travail?

Trop de travail!

- Mais André, ça fait deux soupers que tu rates.

Et si André avait enfin réalisé qu'il a quelque chose entre les jambes!

- Bon. Je tenterai d'expliquer ça aux gars. D'accord. On se rappelle. Je t'embrasse.

Ce cher André vient de se rendre compte qu'il y a de l'herbe tendre de l'autre côté de la clôture!

Agathe repose le récepteur, replace quelques papiers épars sur la table du téléphone, regarde sa montre pour gagner du temps et revient enfin s'asseoir.

- C'était André.

- Il va bien?

- Oui, oui. Ça va.

Menteuse! Ça ne va pas du tout.

Agathe est bouleversée. Chaque fois que les choses ne vont pas à sa convenance, elle se ferme, se replie. Il lui faut toujours et à tout prix sauver les apparences. Maman était comme ça.

- André ne peut pas venir souper samedi. C'est dommage.

- Il a un autre rendez-vous?

- Qu'est-ce que tu vas chercher là? Non. Il travaille.

- Ah! le travail. Ça occupe son homme!

- C'est sa promotion. Tu vois, il commence dans deux semaines. Il n'en dort plus.

Cette dernière phrase tombe à plat. Agathe ne parle plus. Elle regarde dehors. L'espace s'est restreint autour d'elle. Enfermée dans sa bulle, elle manque d'oxygène. Ses mains tremblent. Sur la peau blanche et un peu flétrie de son cou apparaissent et s'étalent des taches rouges, embarrassantes photos polaroïd de son âme meurtrie. Comme un ordinateur, elle remet sa mémoire en ordre. Je vais la laisser se dépêtrer seule. Cela tombe pile, j'ai envie de faire pipi. Je grimpe l'escalier. Sur les murs, des photos. Celles du mariage d'Agathe et André. Celles de la naissance des trois gars, de leur entrée à l'école, de leur collation des diplômes. C'est bizarre cette habitude de mettre des photos partout. Au fil des escaliers, des couloirs et des chambres, voici tous les épisodes de sa vie. On se croirait dans un musée. La maison de la vie passée, des souvenirs où plus rien n'est encore en vie.

Je n'aime pas regarder les photos des gens que je connais. Mensonges. Trucages. C'est la vie répétée, mais cette fois amputée de ses rires, de ses pleurs, de ses caresses et de ses coups. Visages lisses et yeux figés qui font croire au bonheur qu'on avait jadis inventé, juste pour la photo. Tiens, cette photo prise avant leur départ pour leur voyage de noces. André sourit. Il tient la main d'Agathe qui regarde ailleurs. Un étranger dirait qu'il s'agit d'un couple heureux. Moi je sais qu'Agathe, au lieu de dévorer des yeux l'homme de sa vie, regardait sa mère dont elle ne voulait pas se séparer; moi je sais qu'elle s'est jetée dans ses bras en pleurant avant de partir et qu'elle lui a téléphoné au moins dix fois durant leur voyage de noces qui dura dix jours au lieu de quinze. La température!

Mais j'aime bien regarder les photos d'inconnus. C'est comme écrire un roman à partir d'un visage rencontré par hasard dans la rue. On peut inventer les plus belles histoires, donner à des gens quelconques les plus grands destins. Chaque fois que j'entre chez un antiquaire, j'achète des vieilles photos. Rendue chez moi, je les place sur la table, les regarde. On peut mettre des heures à faire connaissance. Ensuite je donne un nom, une identité nouvelle à ces hommes et ces femmes d'un autre âge dont il ne reste qu'une photo sépia trouvée par hasard au fond d'une vieille boîte de métal. Souvent, malgré l'austérité du costume et la rigueur du maintien, je décèle au fond de leurs yeux un petit reste de vie, comme s'ils avaient envie de cette résurrection que je leur offre à prix d'ami.

Il n'y a pas d'éternité. Seulement des petits morceaux de vie qui s'éteignent un à un, comme des mouches à feu qui tombent à l'eau.

De toujours je n'ai gardé aucune photo. Mon histoire et celle des gens qui ont occupé mon temps et habité mon espace sont là, dans ma tête. Souvenirs cachés. Au creux de mon ventre. Caverne d'Ali Baba. Jamais encadrés. Jamais accrochés. Je n'aime pas les boîtes de métal!

En redescendant l'escalier, je m'arrête devant une photo que je n'avais jamais remarquée. Cachée par les nouvelles pousses d'une plante araignée tombant du deuxième, elle semble avoir été oubliée là depuis longtemps. Je m'approche, regarde de plus près. Le cadre est de bois plaqué or, écaillé. La photo, vieillie elle aussi, montre un homme, assez jeune, avec une petite fille dans ses bras, et une femme tenant une jeune fille par la main. Ils sont dans un champ, à l'orée d'un bois. Derrière eux, à gauche, un petit chalet de planches qui a plutôt l'air d'une cabane de bûcheron. La femme ne sourit pas. Les deux enfants sont jolies. L'homme, coiffé d'un chapeau, fixe l'objectif. Il est beau. Je n'avais jamais vu cette photo. Et pourtant, c'est celle de ma famille. C'est la première fois que je nous vois tous les quatre ensemble. Tiens! je ne savais pas que mon père m'avait déjà prise dans ses bras! J'y regarde de plus près. C'est vrai que je lui ressemble. Oui. Maintenant je me rappelle. Il avait l'habitude de me raconter l'histoire du petit canard qui était sorti sous la pluie sans ses bottes et son imper. Quand il rentra chez lui tout mouillé, il courut se blottir dans les bras de son papa canard qui le sécha, l'enveloppa dans une grande couverture et le berça en lui rappelant qu'il ne faut jamais jamais sortir sous la pluie sans ses bottes et son imper. Je me souviens du poids de ses grandes mains sur mes épaules et dans mon dos quand il me racontait cette histoire. Moi, papa, je suis si souvent sortie sous la pluie sans mes bottes et mon imper. Et tu sais pourquoi? Parce que je n'avais plus mon papa canard pour me dire ce qu'il fallait faire.

Quand ma mère a fait disparaître les photos de mon père, la seule qui soit restée fut celle de la carte mortuaire qu'on avait l'habitude de distribuer aux proches lors d'un décès. À l'endos, on pouvait lire une prière suivie des dates de naissance et de décès du défunt. Fiche signalétique. Recto verso. La vie d'un homme, rétrécie, concentrée sur un bout de carton. Je décroche le cadre et retourne à la cuisine. Agathe a préparé du café frais et semble s'être replacée. Je m'assieds et pose le cadre sur la table, devant moi. Ostensiblement. Elle l'a vu, mais ne dit rien. Elle n'est pas contente.

- Voilà. J'ai fait du café frais. Goûte un peu. C'est du café d'Éthiopie auquel je rajoute un peu de café aromatisé à la noisette.

Non. Mais c'est un monde! Cette femme est d'acier. Il y a à peine vingt minutes, un pas de plus et elle tombait au fond du gouffre. Et la voilà maintenant qui me parle de son café aux noisettes!

- Ne mets surtout pas de sucre. C'est meilleur nature.

Les mains à plat sur la table autour du cadre, je regarde Agathe et je suis triste. Y a-t-il quelqu'un dans la salle qui peut me dire ce que je fais ici, dans cette cuisine, avec cette femme qui a la prétention de me dire que nous sommes du même sang? Je suis une étrangère, Agathe. Je ne viens pas du même utérus que toi. Je ne suis pas d'ici, ne l'ai jamais été et ne le serai jamais. Pourquoi n'avoir pas encore répudié cette famille sans talent? Pourquoi m'entêter à garder le contact? Pourquoi continuer à braver cette femme que je n'aime même pas? Qu'est-ce que j'en ai à faire de ses orgasmes et de sa frigidité? Chaque fois qu'Agathe me téléphone, qu'elle m'invite, j'arrive, comme un petit chien qui se souvient avoir caché son os quelque part dans la maison, il y a bien longtemps. Et chaque fois, il repart penaud, sans l'avoir trouvé. Et pourtant... Quelque chose m'échappe. Ma mémoire pleine de trous n'en peut plus. «Rapièce-moi! rapièce-moi! ne cesse-t-elle de me crier depuis si longtemps. Trouve le maillon manquant, efface les points d'ombre!»

Agathe, visiblement contrariée par le cadre placé sur la table devant moi, joue avec son bracelet en argent.

- Du café aromatisé aux noisettes, me dis-tu? C'est très bon. Tu as raison, il ne faut pas ajouter de sucre.

La banalité de mes propos la rassure. L'insignifiance est si apaisante. Dès que le climat se tendait entre ma mère et moi, Agathe rappliquait en parlant de l'heure à laquelle le laitier était passé ou du vent qui l'avait réveillée pendant la nuit. Cela rassérénait ma mère à tout coup. Elle respirait mieux juste à l'idée qu'il existât encore sur la Terre des gens raisonnables, l'un des mots préférés de ma mère, des gens qui avaient compris qu'à trop chercher on finit par se perdre. Ma mère abhorrait les gens compliqués qui gaspillaient leur temps et leur vie à chercher une signification aux choses. Ces gens étaient suspects et cachaient trop souvent, selon elle, des complexes et des problèmes personnels. Par contre, elle adorait la compagnie des gens francs, vous savez ceux qui vous regardent droit dans les yeux quand ils vous parlent de la météo!

Agathe ose enfin poser les yeux sur le cadre et, en bonne maîtresse de maison, elle reprend la barre, certaine d'être capable cette fois de maintenir le cap.

- Mais c'est plein de poussière, ce truc-là! Donne, je vais le nettoyer.

Un peu plus et elle sort son plumeau!

- Non, ça va. Il est très bien comme ça. Tu savais que cette photo était au mur de ton escalier?

- Je crois que je l'ai accrochée après la mort de maman. Ensuite, j'ai dû l'oublier. C'est une très vieille photo. Elle ne veut plus dire grand-chose. Donne-la-moi. Je vais la ranger avec le reste des choses de maman.

Elle a un ton autoritaire. Agathe est contrariée. Je sens qu'elle va me donner mon congé. Elle regarde encore la photo. Ça l'agace que je l'aie vue, que je l'aie prise et que je la garde entre mes mains. Ça y est, elle va me l'arracher comme une enfant gâtée qui ne veut pas prêter sa poupée. Ça sent la guerre et la poudre à canons. Agathe va finir par déployer son artillerie. La voici. Elle pose doucement ses mains sur la table, les regarde longuement, avec minutie. Elle hausse les épaules, respire profondément.

- Est-ce que je t'ai dit que je pars en voyage cet été?

Pas trop de courage, mon Agathe! Mais qu'est-ce qui peut bien te déranger à ce point?

- Ah bon!

Elle regarde encore le cadre sur lequel je glisse doucement les doigts.

- Oui. Je veux aller en Italie. Dans le nord, cette fois-ci.

- C'est bien, le nord de l'Italie.

Je baisse les yeux. Mon regard croise celui de ma mère sur la photo. Quel âge pouvait-elle avoir? Trente-deux ans? Trente-trois ans? Sans plus. Comme elle a l'air vieux. On dirait une femme de cinquante ans. Et puis il y a cette bouche. Je n'avais jamais remarqué la bouche de ma mère. Sèche. Avec de petites lèvres. Et ses yeux.

- Et toi, tu as des projets pour les vacances?

Je regarde maintenant la petite fille dans les bras de son père. Je devais avoir trois ou quatre ans. Mon bras droit passe autour de son cou. Je souris. Ma joue est collée sur la sienne. J'ai une robe à volants, des petits bas et des sandales. Je me souviens de cette robe. Elle était bleue, avec de la broderie blanche. Je me souviens aussi que papa avait l'habitude de venir me border chaque soir. Il frappait à la porte. Toc, toc, toc! Il entrait. Refermait la porte. Assis sur le bord de mon lit, il caressait mes joues. Chaude sa main sur ma peau d'enfant. Il m'embrassait sur le front, éteignait la petite lampe en forme d'éléphant posée sur la table de nuit, sortait et refermait la porte derrière lui. Comment se fait-il que je m'en souvienne aujourd'hui, moi qui croyais tout ignorer de ma vie avec mon père? Élevée dans une famille normale qui prend soin de ses souvenirs, je me souviendrais de lui, de notre vie de famille, de nos habitudes. J'avais six ans lors de l'accident. Je me souviens vaguement de cette journée où maman s'enferma dans sa chambre avec Agathe et tante Madeleine et du secret que j'avais juré de garder. Je me souviens aussi que j'allais à l'école. J'étais en première année. Mon sac était marine et mon manteau gris et rouge. La maîtresse s'appelait Mlle Morin et ma classe était située au fond du couloir, à droite. Je me souviens même d'avoir eu un amoureux cette année-là. Il s'appelait Marc-André. Quand nous revenions de l'école, il portait mon sac. Je l'avais embrassé sur la joue le jour de la Saint-Valentin. Il s'était mis à pleurer et avait tout raconté à sa mère qui s'était empressée d'informer la mienne. Ce fut, je crois, ma première incartade, mon premier désir, ma première envie de voir un homme succomber à mes envies. Ma mère ne prit pas la chose à la légère et me sermonna, déjà! sur les dangers que représentait pour les filles un tel comportement.

Mais de mon père, avant de voir cette photo, presque rien.

- Les vacances? Je ne sais pas encore.

Puis il y a Agathe sur cette photo. Collée sur maman malgré son âge, elle porte elle aussi une robe à volants. Elle a un sac à main en paille. Elle se tient bien droite. Elle a l'air fier. Une véritable petite dame.

Agathe va chercher une bouteille d'eau au frigo. Elle est pâle.

Puis il y a mon père. Mes doigts glissent sur la photo, sur son visage. Agathe m'a vue faire. Elle boit son eau. Silence. Ces deux couples n'ont pas l'air de faire partie de la même famille. On pourrait croire à un collage. Une fausse famille venue poser pour la postérité. Photo pleine de mensonges. Un faux. Cet homme et cette femme ne s'aimaient pas d'amour. Un faux. Cette mère n'aimait pas l'une de ses deux filles. Un faux. Ces deux sœurs ne s'aimaient pas davantage. Qui est coupable de cette imposture? Où est le faussaire? La vie. Tout simplement. Le seul rêve alors possible se lit dans le regard de cet homme et dans le sourire de cette petite fille. Ils sont amoureux. C'est la seule chose qui soit vraie. Tout le reste n'est que mensonge. Maintenant, je le sais. Un petit bout de mensonge qui dépasse de cette vie parfaite inventée de toutes pièces par ma mère. Petite bavure qui cache le pire. Le gâchis. Le superbe désastre.

Agathe sait que je suis déjà loin; elle refuse de me suivre. Ce passé lui fait peur. Pourquoi? Parce qu'elle sait? Sait quoi?

- Si ce n'est pas l'Italie, j'irai peut-être en Angleterre. Tu y es déjà allée, je crois.

- Oui. Il y a longtemps.

- André, lui, a l'intention de louer une tente-roulotte. Il veut se rendre jusqu'au Texas.

La voilà qui me reparle d'André. L'appel de tout à l'heure l'a bouleversée.

- Au Texas? Seul?

Touché. À vif. Agathe tripote son verre d'eau et, sans le faire exprès, pose à nouveau ses yeux sur le cadre. Elle gîte. Va-t-elle chavirer?

- Non. Il ne part pas seul.

j e revis James le lendemain de notre première rencontre. Je venais de recommencer à donner mes cours. James aussi. Nous nous trouvâmes deux heures libres en fin d'après-midi. Il m'invita chez lui. J'optai pour la cafétéria de l'université. J'avais envie de le revoir, mais hors de tout contexte érotique qui, je le savais, me balancerait à nouveau dans ses bras. Quand je le vis arriver au bout du couloir, les bras chargés de livres et de cahiers, je retombai amoureuse. Je fus émue et me mis à penser à toutes les caresses et à toutes les impudences que nous nous étions permises la veille. J'aimai l'idée que cet homme, debout dans ce corridor de béton, connaissait mon corps mieux que tous mes amants réunis; il me plut de me rappeler les phrases licencieuses qu'il avait inventées pour moi et je frémis, juste à l'idée qu'il avait déjà en tête d'autres scénarios érotiques auxquels je ne résisterais pas. Regardez-le avec son pantalon de tweed, son shetland et ses mo-cassins de suède défraîchis. Regardez-le bien. Cet homme est à moi. Ça se voit qu'il a fait l'amour hier; ça se voit qu'il est amoureux. Une jeune étudiante l'apostropha. Ils parlèrent longtemps. Tout ce temps, je m'amusai à le déshabiller du regard. Je connaissais son dos, long, étroit, d'une douceur infinie. Ses épaules, rondes, creusant sur le devant. Sa bouche, accueillante, hospitalière, savoureuse. Son ventre plat qui donne envie de s'aventurer plus loin. Ses cuisses, juste assez musclées, qui s'ouvrent sur son sexe imposant, magnifique et déluré. Et ses fesses, que j'aurai envie de caresser la prochaine fois. Je ne me lassais pas de le regarder. La jeune étudiante non plus d'ailleurs! Et peut-être pour la première fois de ma vie, je sentis monter en moi un étrange sentiment: j'étais jalouse! Ce corps-là, je le voulais pour moi seule.

James vint enfin me rejoindre. Il posa ses livres sur la table, se pencha vers moi et m'embrassa. Furtivement, je regardai au-dessus de son épaule. La jeune étudiante était toujours là et nous épiait. Tu peux toujours regarder, ma poupée, mais pas touche! Désormais, cet homme dormira dans mon lit tous les soirs. Désormais, moi seule lui ferai l'amour. Je lui donnerai mon corps et mon âme. Il se livrera à moi. Et nous serons heureux. Ne t'approche surtout pas. J'ai la dent longue. Tout en buvant mon eau minérale, je racontai à James ce qui avait occupé mes pensées pendant qu'il parlait avec la jeune fille. Il fut flatté.

- Et tu me promets de caresser mes fesses la prochaine fois?

- Promis.

- Je termine mes cours à dix-neuf heures. On se voit chez moi?

Je posai ma main sur sa joue.

- Non. J'aimerais que tu viennes chez moi.

Une autre de mes manies. Mes amants, du moins ceux qui méritent de faire un bout de chemin dans ma vie, je les ai toujours voulus chez moi: sur mes terres, tout est tellement plus facile. Cela me permet de décider où, quand et comment se passent les choses et de rester maître des opérations. De plus, cela m'évite d'avoir à rentrer chez moi la nuit ou au petit matin, car j'ai toujours détesté rester dormir chez mes amants. Quoi de plus déprimant que de se faire mettre à la porte dès le lever du soleil parce que monsieur a un déjeuner d'affaires à sept heures du matin! Les plus délicats vous quitteront en disant:

- Reste couchée. Quand la femme de ménage arrivera, fais-lui penser de faire le repassage! Tu es adorable!

Mieux vaut éviter ce genre d'intimité!

James arriva chez moi à dix-neuf heures trente. J'habitais cette maison depuis huit ans. Ah! si ses murs avaient pu parler! Ils auraient raconté tant de nuits folles, tant de fins d'après-midi tristes, si tristes qu'on aurait eu envie de retourner chez sa mère, juste pour un moment, pour un câlin ou une tasse de chocolat chaud. Ils auraient pu raconter ces jours tranquilles passés à regarder tomber la pluie sur le garage de briques rouges et ces doux moments de béatitude après avoir dit "Je t'aime" à un homme qu'on ne reverrait jamais plus... Mais la vie est si courte. Les murs de ma maison se souviennent aussi de ces matinées ensoleillées passées à faire l'amour en oubliant que les couchers de soleil emportent souvent tout avec eux; et de ces petits matins brumeux, quand on rentre chez soi dans ses petits souliers, heureuse, malgré tout, ne pas vivre une petite vie. Seules Agathe et ma mère n'y sont jamais venues malgré mes invitations répétées. Chaque fois, elles me répondaient:

- Aller chez toi? Tu n'y penses pas! On n'a pas affaire à ta vie privée. C'est pas notre place. Viens plutôt à la maison.

Je me demande encore ce qu'elles craignaient d'y trouver. Un bordel, peut-être!

James, lui, aima ma maison et s'accommoda de l'anarchie contrôlée qui y règne. Il n'en finissait pas de faire des "Ah!" et des "Oh" devant chacune des peintures, aquarelles, eaux-fortes et sérigraphies qui ornent les murs. Il admira mes violettes toujours en fleurs, mes poissons mauves et jaunes, mes canaris aphones, ma Pléiade complète, mes livres de cuisine enfarinés, mes dictionnaires écornés, mes mots croisés pas terminés, mes *Vanity Fair* empilés, mes disquettes bien rangées et le duvet de mon lit.

- Comme c'est bien, chez toi! Ça te ressemble. On sent de la vie, du mouvement, et aussi de la continuité, de la perpétuité.

James me prit dans ses bras et caressa mes cheveux et mes lèvres.

- Tu es une femme libre, Florence. Tu t'appartiens. C'est bien. Les femmes n'ont pas encore tout à fait pris l'habitude de s'appartenir avant de se donner. En se mariant, elles troquent habituellement une tutelle pour une autre.

James promena amoureusement ses mains dans mon dos, de l'échine jusque sur mes fesses.

- Et puis, il y a ton corps. Tu sais oh! combien tu m'as fait bander hier? J'en ai rêvé. J'en redemandais encore et encore.

- Eh bien! tu en auras encore et encore. Tout ce que tu veux, comme tu le veux.

- Tout?

- Tout. De la tête aux fesses, comme dit la chanson.

James ne comprit pas cette allusion trop locale et pendant que nous mangions des sushis arrosés de saké que j'avais rapportés du centre-ville, il me parla de son rêve d'habiter une ferme pour y faire l'élevage des chèvres, de sa passion pour le baseball, sport que je n'ai jamais compris, de son mariage en France qui n'avait duré que cinq ans, de la mort tragique de ses parents dans un écrasement d'avion et de la guerre du Viêt-nam qu'il avait vécue par personne interposée quand son frère aîné fut appelé sous les drapeaux. Je l'aurais écouté parler pendant des heures. Moi qui avais mis tant d'années à aiguiser mon sens critique face aux hommes, qui avais cette drôle d'habitude de tout analyser dès qu'un homme ouvrait la bouche, pour ensuite prononcer le jugement final qui allait déterminer si oui ou non il méritait de se retrouver dans mon lit, eh bien! voilà que j'étais prise au piège. Il y avait d'abord son accent: une maîtrise parfaite du français avec en filigrane des relents d'accent de Boston. Irrésistible. Sexy. Et puis toutes ses paroles résonnaient pile à mes oreilles. J'allais lui faire une place toute chaude dans mon lit et dans mon ventre, si chaude qu'il n'en désirerait plus aucune autre. J'allais lui montrer mon adresse et mon savoir-faire, lui raconter mes fables et mes lubies, l'entraîner dans mes marées et mes lunaisons.

Tout en caressant ses fesses, je me rendis compte combien James était sensible et réceptif à tous les gestes susceptibles de le faire jouir. La plupart des hommes ne s'abandonnent jamais aussi facilement. Les plus audacieux attendent d'avoir affiché leurs couleurs, d'avoir démontré qu'ils ont la situation en main avant de se laisser aller; les autres croient que l'abandon, c'est une affaire de femme! Dès que je posai ma main sur son sexe, il ouvrit grandes les jambes et s'offrit à moi avec une impudeur que j'avais rarement vue chez un homme. Il se mit nu devant moi, pour que je le regarde, et dès que j'approchai ma bouche de son pénis, il installa sa tête sur deux oreillers et me regarda le prendre tout en caressant mes cheveux. Cet abandon ne manqua pas de me séduire et de m'intriguer. D'où venait que cet homme se laissait prendre si facilement alors qu'il avait été le maître d'œuvre dès notre première rencontre?

Le voilà, étendu sur mon lit. Nu. Moi, agenouillée, encore tout habillée, je suce son pénis avec délectation. C'est chaud. C'est doux. Et puis il y a cette odeur. James regarde mes mains se promener sous ses testicules. Chaque fois, je sens un frisson. Il me regarde caresser son ventre, m'insinuer entre ses fesses. Il me regarde et, au bout d'un moment, il éjacule doucement dans ma bouche, sur mes joues, dans mes mains.

- Merci, ma douce. Tu m'as fais le plus beau des cadeaux.

James me raconta alors la drôle de vie qu'il avait vécue à Boston quand il était étudiant.

- J'avais à l'époque une maîtresse dont j'étais amoureux fou, Sarah. Notre relation, exclusivement sexuelle, n'avait qu'un but: son plaisir. Tout ce qui importait, c'était le plaisir que j'arrivais à lui donner. C'était devenu une véritable obsession. Nous passions des heures enfermés dans ma chambre d'étudiant à essayer des choses. Sarah devint rapidement ma complice. Avec aisance, elle se laissa couler dans cet univers érotique expressément créé pour elle. C'est avec elle et grâce à elle que j'ai découvert l'infinité des désirs des femmes et surtout leur complexité. Sarah m'aura enseigné ce qu'est faire l'amour à une femme et que le savoir-faire et le savoir-dire érotiques relèvent davantage de l'art que de l'anatomie! Elle parla de mes prouesses à ses amies et ma réputation de bon baiseur fit rapidement le tour du campus. Il faut dire que nous étions en pleine révolution sexuelle, à l'heure des copains d'abord où l'on prêtait son amant ou sa maîtresse aussi facilement qu'un bon livre, sachant qu'il nous serait rendu après usage! Un jour, Sarah me demanda de faire l'amour à une de ses amies qui se croyait frigide. J'étais selon elle le seul homme capable de régler le problème. J'y arrivai...

- Bravo!

- ...et passai le reste de mon cours universitaire à mettre mes talents au service de toutes celles qui croyaient avoir des problèmes sexuels!

- Tu aurais dû ouvrir une clinique. Tu aurais fait un argent fou!

- Toutes les femmes de ma vie, je les aimées de la même manière. Avec amour et passion. Et puis tu es arrivée. Sans rien me demander, tu m'as pris exactement comme j'avais l'habitude de prendre les femmes. Tout à l'heure, tu n'as pensé qu'à mon plaisir, toi ma pourvoyeuse!

Mais qui étaient-elles donc, ces femmes qui avaient tout pris sans rien donner en retour? Chose certaine, elles avaient vu juste. James est un amant de grande classe. Pauvres sottes! en croyant tout rafler, vous étiez à côté de la plaque. Parce que faire jouir cet homme, c'est pure délectation.

*j*ames devint mon amant, mon amoureux, mon ami. Nous étions inséparables. J'étais dans tous mes états! Je passais mes nuits lovée contre lui. Comme des adolescents, on jouait à "Chez toi ou chez moi?" Une nuit ici, l'autre là, nos vêtements étaient ici et là. L'automne fut difficile. Tous les jours la pluie, la grisaille. Moi qui déteste tant le froid, j'hibernai avant l'heure. *Cocooning* intégral. J'étais bien dans mes deux maisons, passant une semaine chez moi et l'autre chez James. Nous savions que cette situation ne pouvait pas durer et qu'un jour ou l'autre il nous faudrait faire un choix. Trop paresseux pour aller au ciné, nous restions à la maison à regarder des films loués à l'un des quatre clubs vidéo auxquels nous nous étions abonnés. Jamais je n'avais connu un tel confort avec un homme. James était rassurant, patient, attentif. Il me prenait telle que j'étais, sans demander plus. J'étais libre, libre d'aimer l'homme que j'aimais comme je l'entendais. Totalement satisfaite avec James, je décidai de ne plus répondre au téléphone: au fil des jours, mes amants disparurent un à un; et de déserter peu à peu l'université: mes collègues me saluaient à peine dans les corridors. En fait, je ne m'y rendais que pour mes cours. Finies les réunions pédagogiques. Terminée ma participation au journal. Je n'allais même plus à la bibliothèque. James me fit remarquer que mes absences finiraient par nuire à ma carrière et me conseilla de reprendre mes activités. Je n'en fis rien. Les jours passaient sans heurt et j'étais bien. James m'apportait le bonheur complet que je n'avais jamais vécu, la paix qui m'avait échappé. Il était mon complément, absolu et essentiel. Puis il y avait sa tendresse, venue s'installer dans tous les recoins de ma maison, dans chacune des fissures de ma vie. Tendresse douce comme un duvet. Tendresse comme dans les films de Lelouch. James était un homme sage et bon, de cette sagesse et de cette bonté qui ne sont données qu'aux humanistes et qui font qu'on pardonne et qu'on aime la vie, malgré tout. Et au-dedans, derrière ses yeux gris, la terrible conviction que tout finira, un jour, et qu'il n'y aura pas de rémission. Moi l'égocentrique, la capricieuse, le bouc armé jusqu'aux dents, j'avais dans mon lit ce qui s'était fait de mieux: un humain parfait. Une grande école de vie que cet homme qui m'avait choisie dans une librairie un dimanche après-midi et qui aimait par-dessus tout que je lui sourie quand il me faisait l'amour!

Sexuellement, nous avions rapidement atteint notre vitesse de croisière. Avec le temps, j'appris à connaître et à reconnaître ses désirs, à trouver son plaisir. Je m'y attardai avec minutie. Une caresse du bout des doigts, un sourire ou un clin d'œil, et nous savions que l'autre était disponible. Et quand je n'avais pas la tête à faire l'amour, ce qui arrive à toutes les honnêtes femmes et aux autres aussi, je lui prêtais mon corps, chose que je n'avais jamais faite avec mes amants.

- Laisse-moi profiter de toi, me disait-il.

J'appris à le laisser faire, à me prêter pour un petit moment, histoire de lui faire ses plaisirs. Il y allait doucement, s'attardait selon ses envies, ses humeurs, n'oubliant jamais mes préférences. Je me laissais aller à cette paresse érotique qui avait quelque chose de charmant. Je me plaisais à voir James se servir de mon corps pour se faire son cinéma, j'étais attendrie par les gestes, les mots, les audaces qu'il se permettait et dont il n'attendait rien en retour. D'autres fois, je lui demandais de se coucher nu devant moi et de s'abandonner complètement. Il m'appartenait. Je le possédais. Tout de lui prenait la forme de mes mains, de ma bouche. Pas une seule parcelle de sa peau n'avait échappé à mes doigts, à mes lèvres, à ma langue. C'est fou tout ce qu'on peut découvrir sur le corps d'un homme! Rides de plaisir. De peine. De vie. Balafres de rues, cicatrices de stades, morsures d'amour. En regardant ses pieds, j'imaginais tous les pas qu'ils avaient faits pour venir jusqu'à moi. En regardant ses mains, j'imaginais toutes les caresses qu'elles avaient données avant de venir s'échouer sur ma peau. Sa bouche. Ses yeux. Son sexe. Sa tête. Son âme. Cet homme avait mis plus de quarante ans à me trouver. Toute une vie. Pourquoi? Je ne le saurai jamais. La vie a plus d'un tour dans son sac; elle garde toujours les plus mauvais pour les beaux jours.

Un matin de novembre, la secrétaire du rédacteur en chef du magazine d'information *Le Temps* me téléphona. Son patron voulait me rencontrer. Sans grande passion je me rendis à son bureau. J'avais vu cet homme plusieurs fois à la télé. Dans la cinquantaine, très beau, intelligent, il m'aurait sans doute plu quelques mois plus tôt. Et comme je l'écoutais faire l'éloge de mes talents - son fils avait suivi certains de mes cours - je me surpris à regarder ses yeux, ses lèvres et ses mains.

- Nous avons l'intention de créer de nouvelles chroniques, dont une sur les médias. Nous avons pensé à vous. Il s'agit d'une chronique très vaste touchant autant les médias électroniques qu'imprimés, d'ici et d'ailleurs. Qu'en pensez-vous?

Impénitente Florence, comment oses-tu regarder cet homme avec tant de convoitise? Tu sais fort bien que tu n'as pas vraiment envie de le sauter. Tu testes tes anciens réflexes? Tu veux savoir si ça pourrait marcher? Tu doutes? Vas-y voir. Saute la clôture. Un geste, une parole et ça y est.

- Vous seriez totalement responsable du contenu. Les médias nord-américains nous intéressent plus particulièrement. Vous donnez toujours votre cours sur la presse écrite en Amérique du Nord?

Alors, qu'est-ce que tu fais? Tu te lances à corps perdu dans une nouvelle carrière, une nouvelle aventure?

- Notre magazine a besoin de gens comme vous. À l'heure des grands enjeux, autant nationaux que planétaires, il est impérieux de faire appel aux universitaires, aux artistes, aux intellectuels. Toutes les grandes nations écoutent et respectent leurs penseurs. Les nôtres, nous préférons les laisser dans les facultés. Et pourtant, votre expertise et celle de vos collègues nous sont indispensables.

Attention! si tu le baises, il y aura des retombées. Il voudra te revoir. Tu devras mentir. Et puis, ces chroniques, il faudra que ce soient les meilleures. Tu te connais. Il faudra aussi voyager, te battre, retourner sur la ligne de feu, comme à l'époque où tu travaillais en publicité.

- Nous avons besoin de sang neuf; l'ajout de collaborateurs de votre envergure aura un impact direct sur notre tirage, ce dont vous bénéficieriez, vous avez ma parole. Et si nous terminions cet entretien plus tard? Que diriez-vous de venir dîner ce soir?

Tu n'y penses pas! Imagine. Tromper James. Jamais. Fini le doux bercement entre la faculté et le lit de James.

- Je suis flattée de cette offre que je devrai refuser. Mes cours me demandent de longues heures de préparation.

S'il savait à quoi j'occupe mes temps libres...

- De plus, contrairement aux années passées, je donnerai des cours cet été...

Quelques heures de cours et le reste du temps pour aimer l'homme de ma vie.

- ...travail qui viendra s'ajouter à la rédaction de ma thèse de doctorat que je dois terminer d'ici un an.

Si je peux la finir, cette foutue thèse!

Je quittai le bureau de M. le rédacteur légère comme un petit papillon. Avais-je été infidèle à James? Un peu. Si peu. Certes, l'idée de séduire M. le rédacteur m'avait été agréable; celle de partir à la conquête d'autres trophées bien plus encore. Mais ma tête et mon corps refusaient tout nouveau combat, tant au bureau qu'au lit. J'interprétai alors mon refus comme une confirmation de mon amour pour James et cette révélation exorcisa les mauvais esprits qui avaient osé venir rôder dans notre voisinage.

Rentrée à la maison, je pris un bain et préparai le souper. James me téléphona vers dix-neuf heures pour m'informer qu'il ne rentrerait pas avant la fin de la soirée.

- Mes étudiants m'ont demandé d'ajouter quatre ateliers d'ici la fin du semestre. Je serai à la maison vers vingt-trois heures. Je t'aime.

James animait un atelier d'écriture depuis le début de l'année. Réservés à des groupes restreints, ces ateliers avaient un succès formidable. Il accepta même de nouveaux groupes pour la session d'été, ce qui me poussa à offrir mes services pour les cours de juin et juillet. Tant qu'à passer l'été en ville! James rentra vers minuit. Je ne dormais pas encore. Il s'informa de ma journée, ignorant tout de mon rendez-vous chez M. le rédacteur.

- Tu as fait quoi de ta journée?

- Laisse-moi penser. J'avais deux cours. Ensuite, j'ai fait des courses; j'ai refusé un emploi; j'ai pris mon bain; j'ai préparé un souper qui est resté sur la table et je t'ai attendu.

- Tu as refusé un emploi?

- Oui. Quelque chose de pas très intéressant qui m'aurait apporté plus d'embêtements que de satisfaction.

- Tu peux m'en dire plus?

Et je lui racontai ma visite chez M. le rédacteur, en taisant, bien sûr, mes quelques minutes d'égarement!

- Alors, j'ai refusé. Et j'ai bien fait.

James me regardait, muet, sidéré.

- Dis quelque chose. J'ai bien fait, non?

- Tu es complètement folle!

- Merci bien!

- Mais c'est une offre formidable. La chance de ta vie. Écrire et être lue par des milliers de personnes. Chercher. Trouver. Inventer. Participer au débat. Je ne comprends pas.

- Y'a rien à comprendre. J'en avais pas envie. Voilà. Pas maintenant. Plus tard, peut-être. Remarque, ils ont eu du flair d'avoir pensé à moi! Je suis certaine que j'aurais fait augmenter leur tirage. Mais je n'ai plus envie de me battre. J'ai envie d'être bien avec toi.

- Mince alors! comme disait ma logeuse à Paris. Si j'avais su que mon amour te couperait les ailes, jamais, jamais je ne t'aurais aimée. Je ne t'aurais même pas regardée dans cette librairie. Je me serais acheté un Sherlock Holmes et serais sagement rentré chez moi.

- Imagine le désastre si tu avais fait ça. Le sort du monde en aurait été changé. Une histoire d'amour de moins sur la Terre, ça compte.

- Oui. Peut-être as-tu raison. Mais as-tu pensé à ce qui nous arriverait si tous les penseurs, tous les écrivains, tous les chercheurs et tous les artistes arrêtaient de penser, de chercher et de créer chaque fois qu'ils sont amoureux! Ce serait une catastrophe écologique pour l'esprit. Tu n'avais pas le droit de refuser.

- J'en ai assez bavé, j'ai travaillé dur pour obtenir ce que je voulais. Y'en a soupé de l'ambition.

- L'ambition peut te mener encore plus loin. Ne te leurre pas, mon grand amour. Tu n'as pas encore fait la moitié du chemin!

James ne me reparla plus de cet incident. Mais quelque part dans notre vie, une tache. Une déception. Un regret. Déjà.

Ma nouvelle vie me comblait tout à fait. Je me remis à la cuisine, regarnis ma garde-robe et changeai même de coiffure. Banal. C'est bien connu, y'a rien de plus cliché que l'histoire d'une femme amoureuse. J'avais aussi décidé que James emménagerait chez moi dès le printemps et une foule de projets de rénovation s'entassaient sur la table à dessin: aménagement d'un bureau, réfection de la salle de bains du deuxième, agrandissement du garage, planification du potager en plus de tous ces murs à repeindre et de ces draperies à changer.

Était-ce donc ça, le bonheur de la vie conjugale? Un long fleuve tranquille...

Vingt-quatre novembre mille neuf cent quatre-vingt-neuf. Indisposée, grippée et de mauvaise humeur. Nous étions chez James à regarder un film américain lorsque je me levai en disant:

- Bon! j'en ai assez. Je rentre chez moi. J'ai mal au ventre, j'ai mal partout. Salut!

James ne bougea pas et me laissa partir. Je rentrai à la maison, me servis un verre de vin chaud et me couchai en pleurant.

Idiote! pourquoi n'es-tu pas restée? Loin de lui, tu as encore plus mal. Ah! si je pouvais sentir ses mains chaudes sur mon ventre.

Je n'étais tout de même pas pour y retourner. J'aurais eu l'air de quoi? Et plus je pleurais, plus je reniflais, plus ma grippe faisait ses ravages. J'étais une loque. Je n'existais plus. Je voulais mourir, comme ça, toute seule dans mon lit où je finis par m'endormir. Le lendemain, pas de nouvelles de James.

S'il croit que je vais l'appeler, il se trompe. Et puis j'ai droit à mes moments de solitude.

Ma grippe se changea en sinusite. Je ne respirais plus.

Merde! plus de tampons.

J'avais tout laissé chez James. Je dus alors m'habiller, aller jusqu'à la pharmacie. Avant de partir, je mis mon répondeur en marche.

Comme ça, s'il appelle, il verra bien que je n'y suis pas, que je sais me débrouiller sans lui et que je ne suis pas du genre à me laisser mourir dans ma maison parce que monsieur n'y est pas!

En rentrant, pas de message. Je me servis alors un verre de vin rouge, avalai deux comprimés.

Joyeuse Sainte-Catherine, Flo! Te revoilà vieille fille. Plus d'homme dans ta vie. Bon débarras. Vive la liberté. Et puis ça commençait à te peser, cette fidélité. Avoue que tu n'es pas faite pour le train-train conjugal. Les tartes aux pommes et la soupe aux légumes, y'en a marre. Ça fait deux mois qu'on n'est pas allés au restaurant. James a beau faire, James a beau dire, ça commençait à manquer d'imprévus cette histoire-là! Heureusement que tu as vu clair à temps. Quelques mois de plus de ce régime-là? On était foutus: il t'aurait appelée "maman" et t'aurait baisée une fois par semaine, le samedi soir entre vingt-deux heures et vingt-deux heures quinze, après la partie de hockey! La lune de miel est terminée. La vie reprend son cours et c'est pour le mieux.

La journée passa. Les comprimés et le vin rouge firent l'effet escompté. Vers dix-huit heures, je m'endormis.

Le lendemain, toujours pas de nouvelles de James.

Au secours! Allez, circulez, il n'y a rien à voir. Juste une pauvre femme qui s'est fait plaquer par son homme. Je dis bien plaquer. Oui. Parce que s'il avait voulu que je reste, il me l'aurait demandé. S'il avait voulu que je revienne, il serait venu me chercher. Tant pis pour lui. Voilà.

Au secours! les bouillottes ne suffisent plus. Seules les mains de James sur mon ventre sauraient calmer le mal. Seule la chaleur de son corps contre le mien pourrait me réconforter.

Midi. Le téléphone est muet. J'ai perdu la voix. La maison sent l'eucalyptus à plein nez. Il pleut. On annonce de la neige. Seize heures. Je n'y tiens plus moi, à l'étroit dans ma solitude. Je n'y tiens plus moi, perdue dans ma maison vide. Vingt heures.

Et si je téléphonais? Juste pour prendre des nouvelles! Non, Florence. Juste pour te faire dire: «Calme-toi, fille. C'est tes règles. Tu sais comment tu es dans ces moments-là. Attends que ça passe. Après, on se reparlera à tête reposée!»

Tes règles! Voilà une belle porte de sortie que les hommes ont vite fait de repérer. Pratique. Une aubaine. Chaque mois! Douze fois par année se faire traiter de détraquée. Comme si tout ce que vous dites dans ces six jours fatidiques pouvait être retenu contre vous. Comme si dès les premières crampes vous perdiez la moitié de votre quotient intellectuel Je n'ai pas la menstruation débilitante. Les plus grandes décisions de ma vie, je les ai prises dans ces moments-là. Mais cela ne s'est pas fait tout seul. Il me fallut apprivoiser mes règles, les vivre comme une preuve de ma féminité et non comme une calamité inéluctable. Mois après mois, j'ai appris à ne plus combattre ce corps qui fait si bien ce qu'il a à faire. Je me suis laissée entraîner dans ses cycles en prenant soin, chaque fois, de ne rien déranger à cet ordre des choses. Il me fallut aussi combattre les interdictions qui les accompagnaient et qui avaient alors cours dans les couvents de jeunes filles: interdiction de prendre son bain, d'aller à la piscine, de courir, d'aller à bicyclette et de porter des vêtements blancs. Chaque semaine au cours de gymnastique, on pouvait voir, assises en retrait au fond de la salle de jeux, quelques victimes du fléau: peau blême, boutons, cheveux ternes achevaient le portrait peu réjouissant de leur féminité visiblement pas encore au point. Inutile de dire que l'on ne m'a jamais vue au rang de ces éclopées. Après deux ans passés dans ce couvent, une rumeur circula: Florence Belzile, âgée de quatorze ans, n'est pas encore réglée!

Et si j'y allais? Juste pour dire bonjour!

Mais ça va pas, Florence? Tu as perdu la tête? Cet homme-là ne t'a jamais aimée. Un autre qui a pris ses rêves pour la réalité. Il croyait pouvoir te ficeler comme un petit poulet, faire de toi sa bobonne. Parce qu'il le sait bien que d'ici peu, les rhumatismes, les rides et la calvitie l'attaqueront de plein fouet, qu'il s'essoufflera au lit et que la bandaison faiblarde l'attend au détour. Il sait que ses grandes années de séduction touchent à leur fin et qu'il est grand temps de se ranger. Pauvre coco, il a vu en toi le repos du guerrier. Quelle naïveté! Qu'il aille déposer les armes dans un autre lit! Et puis, ça l'a bien arrangé que tu partes l'autre soir. C'est commode une femme qui part. Ça évite les scènes, les explications. Ni vue ni connue.

Vingt-deux heures. On sonne à la porte.

Et si c'était lui? Non. Il n'aurait pas le courage de se pointer ici après les deux jours qu'il vient de me faire vivre. D'ailleurs, je ne réponds jamais à la porte après vingt-deux heures.

On sonne à nouveau.

S'il veut entrer, qu'il entre. Il a sa clé, non!

Couchée dans mon lit, j'entends la clé dans la serrure, le bruit de la porte, celui de pas dans le couloir.

Tiens, voilà une lumière qui s'allume. Tiens, voici l'homme de ma vie.

- Et tu t'en allais où comme ça?

- James. Je savais que tu reviendrais.

James était posté dans l'encadrement de la porte de ma chambre à coucher, les mains dans les poches. Cet homme avait toujours les mains dans ses poches.

Dans ses yeux? Partie la tendresse. Sur sa bouche? Enfuis les baisers. Sur ses joues? Séchées les larmes. Ciel que je l'aimais. Je me serais jetée dans ses bras pour ne plus jamais le quitter. Je lui aurais encore une fois offert ma vie. Je lui aurais dit je t'aime jusqu'à...

- Flo, je t'ai posé une question: tu t'en allais où?

- Ici. J'étais fatiguée. J'avais envie d'être seule pour quelques jours. Maintenant, ça va mieux.

Oui, mon amour, ça va mieux. Je vais mieux. Tu peux revenir dans ma vie, dans mon lit.

- Envie d'être seule. Et tu crois que tu peux toujours t'en aller, comme ça, quand tu as envie d'être seule?

- Je suis une personne libre, non? Tu me l'as d'ailleurs dit le premier jour où tu es venu ici.

- Libre? À d'autres! Sans attaches, ça oui. Tu flottes. Encore chanceuse d'avoir toujours eu un filet. Mais cette fois-ci c'est différent. Ça ne marche pas, ça ne marche plus! Dès que les vents ne te sont plus favorables, tu changes de cap. Tu ne navigues plus en solitaire, Florence.

- Bon. Ça rime à quoi tes grandes paraboles? Où veux-tu en venir? Si tu es venu ici pour me faire une scène, tu peux toujours prendre la porte. Tu reviendras quand tu auras changé d'humeur. C'est un monde! Il faut demander la permission à monsieur pour prendre quelques jours de vacances? On n'est pas au couvent ici ni dans l'armée.

- Tu t'imagines pouvoir laisser ton amour en plan chaque fois que la vie n'est pas quatre étoiles.

- Que veux-tu? je suis habituée au luxe, moi!

Il fallait me voir, assise dans mon lit, avec mon pyjama jaune que je déteste tant, les yeux bouffis, le nez rouge, le ventre gonflé et les cuisses sanguinolentes. Et voilà que le plus bel homme du monde débarquait dans ma chambre pour me faire la leçon comme à une enfant de huit ans!

- Je te ferai remarquer qu'on ne m'a jamais parlé sur ce ton.

- Je sais.

- Et que j'ai toujours fait à ma tête.

- Ça aussi, je le sais. Et c'est dommage.

- Oublie tes grandes idées. Je suis comme je suis. C'est à prendre ou à laisser. Des hommes, il y en a eu beaucoup avant toi. Et si tu veux savoir, je les ai tous quittés quand j'en ai eu assez. Il y en aura d'autres. Ne te fais pas d'illusions. Je n'ai jamais été une fille à marier.

- Ce que nous vivons depuis quelques mois est unique, Florence. Précieux. Vital. Pour toi, j'ai mis ma vie sur la table. Et tu en as fait autant. Mais si tu veux retirer ta mise, tu peux le faire aujourd'hui et maintenant.

- Un ultimatum?

- Non. Un choix. Je te demande tout simplement de me choisir, moi, entre tous les hommes. Une fois pour toutes. Une fois pour la vie.

James, les mains dans ses poches, me regardait toujours. Il n'avait pas bougé. Si sûr de lui. Une force tranquille. J'étais folle de cet homme qui m'offrait sa vie en échange de la mienne.

- Tu as envie de vivre toute ta vie entre deux hommes, deux maisons, deux carrières? Tu effleures la vie et les gens en croyant les posséder; tu vas et tu viens en prenant le mouvement pour de la liberté. Quand consentiras-tu enfin à te laisser prendre sans t'imaginer chaque fois que tu as été piégée? Abandonne-toi.

- Le repos de la guerrière, quoi!

- Oui. Si tu veux. Et pourquoi pas!

Ce jour-là, James me demanda ce que personne n'a jamais osé me demander: un engagement, une promesse. Il voulait que je lui donne ma parole d'amour. Que je consente à l'épouser, à faire de lui mon homme, mon choix exclusif. Je résistais. Et je pleurais. Pleurais. Reniflais. Me mouchais. Résistais encore plus fort.

- Où s'en va ta vie, Florence? Qu'est-ce que tu fuis chaque fois que tu pars?

- Qu'est-ce que tu attends de moi? Allez! parle qu'on en finisse. J'ai pas l'habitude des psychodrames. Habituellement, je termine les choses vite et bien. C'est meilleur pour la santé!

James sortit lentement ses mains de ses poches. S'approcha du lit et vint s'asseoir près de moi. En prenant ma tête entre ses mains, il me dit:

- Florence, ma petite Florence, ma douce femme aux yeux si jolis, comme je t'aime. Si tu veux, nous resterons ensemble toute la vie. Mais je vais devoir te demander d'admettre que tu as besoin de moi et d'accepter que je puisse avoir besoin de toi.

Il m'embrassa et quitta la maison.

*a*gathe tend la main vers le panier à pain, saisit un croissant et le porte distraitement à sa bouche. Elle picore, comme une petite poule qui n'a plus faim. Elle ne mange pas, elle occupe du temps.

- André a une autre femme dans sa vie.

Une petite larme, telle une perle d'eau salée échappée de son écrin, coule sur sa joue blême. Oui, je sais, c'est douloureux pour toi de dire ces choses-là, surtout à moi. Ne t'en fais pas, j'en ai vu d'autres. Et puis, à vrai dire, ça me rassure. À part moi, il y a quelqu'un d'autre de normal dans cette famille!

- Une histoire récente?

Agathe sait qu'elle en a trop dit pour s'arrêter là.

- André fréquente cette femme depuis plus de quinze ans. Je m'en suis rendu compte dès le début et je n'ai rien dit, rien fait. À cause des enfants. À cause de maman. Il ne fallait surtout pas qu'elle sache.

Tu as eu de la chance, mon Agathe, que maman meure avant ton divorce. Car il faut bien l'avouer, ce fut ta seule bévue, ta seule défaite. Heureusement, maman ne le saura jamais. Tu peux dormir en paix, elle est morte en croyant que tu étais parfaite.

- André m'a toujours aimée. D'une autre manière.

- Bien sûr. D'une autre manière.

Ineffable André. Maman Agathe par ici et la baise par là! Bon. Je fais quoi? Je lui règle son compte une fois pour toutes ou je joue à la sœur compréhensive et je l'écoute me parler des hommes infidèles? Je connais le dossier!

Chaque fois qu'elle baisse la tête, ses yeux butent sur la photo sur laquelle j'ai placé mes deux mains.

- Et sa maîtresse, tu la connais?

Agathe est démolie. Elle n'a plus de mots, plus de souffle, plus rien. Sa vie parfaite ne tient plus debout, n'a plus ni queue ni tête. Bang! éclaté en mille morceaux le palais de verre de la belle princesse. Pssstt! envolé le prince charmant. Ils se marièrent et eurent beaucoup d'enfants...

- Si je la connais? Il me l'a même présentée. Il a toujours dit que nous pouvions tous être amis! Qu'il était très important de réussir notre divorce. Et qu'il aurait été très égoïste de ma part de nier la présence de cette femme dans sa vie.

- C'est pour quand ta béatification?

Agathe n'a plus le courage de me regarder. Elle fixe le plancher de céramique sur lequel elle glisse lentement le pied, suivant minutieusement le contour de chacune des tuiles carrées. Une blanche. Une rouge. Une blanche. Une rouge. L'angoisse s'installe. L'habite. Une blanche. Une rouge. La tête ainsi penchée, le corps quelque peu recroquevillé, elle ressemble à une convalescente dans un sanatorium. Absente. Ailleurs. Troublée. Troublante.

– Je ne sais pas pourquoi je te raconte tout ça.

Son ton a changé. Indifférente. Sèche. Arrogante.

– Cela ne te concerne pas.

Elle me sourit, mais n'ose pas regarder la photo toujours posée sur la table, entre mes mains moites.

– Ça doit d'ailleurs te faire plaisir d'apprendre que les autres aussi ont des échecs amoureux. On pourrait maintenant parler de tes nombreux mariages. Et de tes divorces. À la douzaine. N'est-ce pas? Tu as bien dû te faire plaquer quelques fois? Y'en a bien un ou deux dans le lot qui ont dû te tromper? Je t'ai toujours trouvée très discrète à ce sujet.

– Si j'ai été cocue? Qui ne l'a jamais été? C'est un des risques du métier auquel il faut répliquer sur-le-champ. La contre-attaque. Immédiate. Sans merci. Le mensonge est un vice. Mais si tu es si forte, tu peux m'expliquer pourquoi ton bel André t'a trompée pendant toutes ces années? Il fallait vous entendre à l'époque parler de votre mariage parfait. Un couple modèle, disait maman! Tu sais, Agathe, un homme amoureux ne va jamais voir ailleurs!

– Tu veux savoir pourquoi il m'a trompée, comme tu dis si bien?

Agathe pleure et crie. Elle explose. Je la laisse faire. C'est bon pour elle. Après un si long cloître forcé, ses vérités ont droit au grand jour.

- Tu veux le savoir? Eh bien! je vais te le dire. Je sais que ça te fait plaisir d'entendre tout ça. Ça fait ton affaire. Il m'a trompée parce que je ne voulais pas, ou peu. Et pour employer des mots que tu connais, je ne voulais pas baiser. Voilà. Pas-bai-ser. Agathe n'a jamais aimé baiser. Et tu veux savoir pourquoi Agathe n'a jamais aimé baiser? Je vais te le dire pourquoi. Parce qu'on lui a toujours dit que c'était dégoûtant et qu'il n'y avait que les hommes et les femmes comme toi pour y trouver leur plaisir. Et tu sais ce qu'on m'a dit aussi? Que les hommes ne pensaient qu'à ça, qu'il fallait leur donner leur content. Comme ça, on était tranquille. Et puis, il y avait toi et ta vie. Tu faisais tant de peine à maman que je m'étais promis de ne jamais faire comme toi. Non, je ne pouvais pas prendre de plaisir comme ça. Pas moi. Parce que maman non plus n'y avait jamais pris de plaisir. Parce qu'elle et moi, on était mieux que ça. Et tu veux en savoir plus? Tu veux que je te parle de mon voyage de noces? Il ne s'est rien passé. Rien du tout. Parce que je ne voulais pas. Il a fallu attendre quelques mois. Heureusement, je suis tombée enceinte presque tout de suite. Je suis comme maman. D'une fertilité extraordinaire.

Agathe se mouche. Pauvre petite! elle a perdu son aplomb. Sous sa peine, il y a une colère immense. De la rage. Nom de Dieu! quel gâchis! Pourquoi lui avoir menti? Agathe regarde la photo, toujours placée sur la table, entre mes mains.

- Tu ne sais pas tout. Le plus beau reste à venir. Le jour où tu sauras, tu verras bien qu'on avait raison maman et moi: vos affaires de sexe et de plaisir sont un véritable pus qui empoisonne l'existence!

J e ne revis pas James pendant plusieurs jours. Je n'osais pas appeler. De son côté, le mutisme le plus complet. Assise dans mon lit, je passai des heures à me balancer de gauche à droite en repensant à toutes ses paroles qui flottaient dans ma tête. Tous ses mots: *amour, promesse, engagement, pour toujours, je t'aime,* une pluie de papillons de nuit qui cherchaient leur nid. Et sans cesse cet *abandonne-toi,* implacable, exigeant une réponse sur l'heure. Au bout d'une semaine, à bout de souffle, en manque d'amour et de tendresse, je rappelai James.

- Si tu veux encore de moi, je serai à toi...

- Allez! viens que je puisse commencer à t'aimer pour toute la vie!

Nous étions en décembre. James donnait ses cours et me consacrait le reste de son temps. J'en faisais autant. Sur le calendrier, les jours se bousculaient, se poussaient dans le dos pour finalement céder leur place à Noël que je voulais fêter ici, avec James. Avant, j'avais l'habitude de m'envoler vers le Sud, histoire d'éviter le réveillon, les réunions, les étrennes, les boîtes, les rubans et la fée des étoiles, toute cette mise en scène dans laquelle je n'ai jamais voulu tenir de rôle. Cette année-là, c'était différent. Il y avait James qui me donnait envie de croire au père Noël! Je décidai donc d'appeler Agathe:

- Dis donc, suis-je invitée au réveillon cette année?

- Tu ne pars pas?

- Non. Je reste ici. Alors, tu m'invites ou pas?

- Bien sûr. Cette année, on ne mange pas de dinde. J'ai averti tout le monde.

- Pas de dinde? Bon! Alors, à quelle heure nous attends-tu?

- Nous? Tu ne viens pas seule?

- Non. Je viendrai avec James.

- James? Qui est-ce ?

- Un ami... Non! c'est l'homme avec qui je vis.

- Je ne crois pas que ce soit une très bonne idée. Nous ne le connaissons pas. Tu sais très bien que le réveillon est une réunion de famille. Et puis, il y a les gars. Je n'ai jamais voulu qu'ils soient au courant de... enfin tu comprends. S'ils te voyaient avec ce type, ils me poseraient des tas de questions auxquelles je n'ai pas vraiment envie de répondre. J'espère que tu te rends compte que c'est une situation fort délicate.

- Comme tu veux. Tu souhaiteras un joyeux Noël à tout le monde.

Je raccrochai en furie en souhaitant que le père Noël les oublie tous.

Je ne parlai pas de cet incident à James et l'invitai à réveillonner chez moi. Au menu: champagne, huîtres et tartare de saumon, cailles aux raisins, petits légumes, fromages et Saint-Honoré. James fit office de sommelier. Le repas commença vers vingt et une heures. Lorsque les douze coups de minuit nous annoncèrent que c'était Noël, on sonna à la porte.

- Tu attends quelqu'un?

- Non. Va ouvrir.

- Florence, viens, c'est pour toi.

Je n'en croyais pas mes yeux. Dans l'embrasure de la porte, le père Noël, avec une boîte rouge et une enveloppe. Pour moi! C'était donc vrai, le père Noël?

- Je veux que tu ailles dans ta chambre et que tu ouvres ton cadeau.

- Laisse-moi au moins ouvrir l'enveloppe. Chouette! deux billets pour Paris!

Je revins au salon vêtue d'une longue robe de lin, blanche et diaphane, brodée à la main. Comme celle que portait Juliette dans le film de Zeffirelli.

- Laisse-moi te regarder. Tu es belle. Tes épaules. Frêles, toutes blanches, de porcelaine. Tes bras. Somptueux rubans de soie qui ont tôt fait de m'emprisonner. Et tes mains. D'orfèvre. Tu es belle. Tes seins d'opaline sertie de pierres de lune. Ton ventre. Écrin tapissé de velours qui cache tant de mystères. Ton sexe. Mon paradis, mon bout du monde, cette Amérique que Colomb ne découvrit jamais. Tes yeux. D'or, uniques, qui encouragent mes audaces, attisent mes extases, m'entraînent si savamment hors du temps et de l'espace, au fond de toi, dans ton ventre. Viens, ma douce Florence. Prends-moi. Trouve les gestes et les paroles qui sauront me faire perdre la tête pour que je puisse enfin, et pour la millième fois, me laisser couler au plus profond de ton âme.

Ce doux appel de James troubla mon âme. J'étais comme ce salon tamisé coupé du reste du monde. Une île. Et j'avais peur. Peur de ne pas être assez belle. Peur de ne pas trouver, une fois encore, les audaces qui le feraient succomber. Peur de me laisser entraîner, de basculer, de me perdre, de mourir. Peur enfin de cet amour grandiose plus fort que moi.

À petits pas, comme une funambule, je m'approchai de James et me laissai aller à mes plus douces envies.

- Caresse-moi ici.

Et du bout des doigts, il chemina sur mes paupières closes.

- Et puis là.

Ses doigts glissèrent lentement sur mes lèvres jusque sur mes seins.

- Avec ta langue maintenant.

Plus un bruit dans la maison. Chaudes sa langue et ses lèvres dans ma bouche, sur mes seins durcis qui osèrent poindre sous le lin maintenant parfaitement collé à ma peau.

- Regarde... mais ne touche pas!

Assise sur le petit banc de velours, je fis glisser la robe le long de mes cuisses et passai d'interminables minutes à regarder James me regarder en silence. Troublée par l'impudeur de son regard, j'osai ouvrir grand les jambes pour lui dévoiler tous mes mystères. Mon corps vacillant, sur le point de tomber dans le vide, ne m'appartenait déjà plus et ma tête, sens dessus dessous, allait éclater en milliers de désirs inavouables, mais oh! combien délicieux, quand James approcha de ma bouche son sexe chaud. Je me délectai de son odeur; je me pourléchai de ce sexe qui, je le savais, allait me transporter au paradis!

Et me laissai prendre en implorant les dieux que cet amour fût éternel.

Les scénarios amoureux sont infinis. Un homme et une femme peuvent-ils faire l'amour toute une vie sans craindre l'ennui? Une fois passées les heures exaltantes de la découverte et de l'exotisme, l'amour pour l'autre et sa réciproque sont-ils assez forts pour transformer la passion en des centaines de moments érotiques uniques et privilégiés? Ce soir-là, je crus que oui.

Couchée par terre contre James, je m'appliquai à écouter battre son cœur, à respirer son souffle, à sentir du bout des doigts la douceur de sa peau.

Et tendrement, je lui chuchotai à l'oreille son cadeau de Noël:

- Voulez-vous m'épouser?

J'avais fait ma demande en mariage.

- Vous épouser?

- Je serai votre femme à tout jamais. Je vous aimerai jusqu'à la mort, et bien au-delà.

- Je vous serai fidèle pour le reste de mes jours et le reste de mes nuits. Prenez mon corps. Prenez mon âme. Madame, je suis à vous.

J'embrassai longuement mon mari et m'endormis dans ses bras. Le lendemain, il neigeait sur le garage de briques rouges. C'était Noël.

En janvier, j'aménageai un bureau pour James dans la chambre d'amis, au deuxième. Il y préparait ses cours, y faisait ses corrections. C'est là que je le surpris un jour à écrire les premières lignes de son premier roman.

- Tu fais quoi?

- J'écris.

- Oui, je le vois bien. Qu'est-ce que tu écris?

- J'écris. Voilà tout.

J'avais deviné. James ne voulait pas en dire plus. Mais je savais. Je courus acheter une bouteille de champagne pour fêter ça.

- Tu es complètement folle! Y'a pas de quoi célébrer. J'écris.

- C'est ça. Tu écris. Tu écris ce que tu rêves d'écrire depuis longtemps. Tu verras. Ce sera un grand roman. On parlera de toi à la télé, dans les magazines. Je serai la femme d'un écrivain célèbre. Et un jour, je pourrai dire que c'est ici, chez moi, que tout a commencé.

- Tu es sonnée, ma foi. Viens ici que je te caresse. Donne-moi ta main que je la glisse où tu sais si bien faire. Oui. Prends-le et fais-le bander. Comme tu sais bien me prendre, ma douce.

Assise sur James, devant les premiers mots de son premier roman, je me laissai faire mon premier enfant.

Trois semaines plus tard, je sus que j'étais enceinte.

- Ce sera un écrivain. Tu verras.

- Non. Ce sera une "elle", et elle sera comme sa mère. Il faut que les femmes de ta trempe se perpétuent. Sinon, on est foutus!

James tomba amoureux fou de mon ventre qui gonfla dès le premier mois. Je n'étais pas certaine d'aimer mes nouvelles formes. Mes seins, déjà importants, devinrent imposants et mon ventre grossissait à vue d'œil. Au bout du deuxième mois, j'avais l'air d'être enceinte de cinq. Et j'avais faim. Faim de tout. Faim de James surtout. Je ne pensais qu'à ça! Mon corps tout entier était en vie. J'offrais mes seins à James, mon ventre, mes hanches, mes fesses. J'étais pleine. Et je voulais qu'il me regarde. Qu'il me prenne. Qu'il en redemande.

Au lieu de faire mes plans de cours, j'inventais les scénarios de nos prochaines nuits d'amour: ce soir, mon amour, tu me prendras par derrière. Non, plutôt par devant après que j'eusse enduit ton corps d'huile de jasmin. J'en mettrai partout. Et je te glisserai en moi. Et juste avant d'éjaculer, tu me demanderas de t'offrir mes seins que je laisserai délicatement tomber contre tes lèvres. Demain, mon mari, tu me feras jouir en caressant mon clitoris avec tes doigts, d'abord, puis avec ta langue, ensuite. Tu sais combien ces caresses me sont douces et brutales à la fois. Elles vont chercher mon plaisir si loin, au creux de moi. Elles touchent mon sexe, mais aussi mon âme. Et debout, nue contre le mur de la chambre, je me laisserai pénétrer...

Mais en dedans, tout au fond de moi, cette grossesse ne m'allait pas du tout. Tant de pulsions se bousculaient dans ma tête et dans mon ventre. En fait, la maternité m'était un état étranger que je n'arrivais pas à réconcilier avec ce que j'étais, ce que je suis. Je me mis à douter de mon désir d'avoir un enfant. Je me savais inapte au métier de mère, n'ayant été entourée que de mauvaises mères. Parfois, j'arrivais à me persuader que l'instinct maternel, don que toutes les femelles normales sont censées recevoir en naissant, viendrait à mon secours. Mais d'instinct, je me savais incapable de quelque épanchement pour un bébé. Cette inaptitude me rendait triste, et m'irritait aussi.

Comme presque toutes les petites filles, j'ai joué à la poupée. Ne trouvant aucun plaisir dans le maternage, je pouvais par contre passer des journées entières à les habiller, à les déguiser. Et lorsque je découvris les poupées Barbie, ma vie changea. Je sais, ces pauvres créatures n'avaient de plomb que dans les nichons; quant au silicone, il leur faisait office de cerveau! Mais au moins avaient-elles un corps qu'on pouvait emballer, décorer, dénuder. Et un sexe. Et surtout quelle économie! D'une retaille de bas de nylon voilà un soutien-gorge. D'un bout de dentelle chipé au jupon de ma mère, voici la plus sexy des minijupes. Présages de mes déviations futures, mes collections mettaient ma mère dans tous ses états!

Et l'idée que la survie de ce petit commencement de vie dépendît uniquement de mon consentement me devint insupportable. Cette nouvelle personne, désespérément accrochée à mon ventre, attendait déjà tout de moi, détestable sentiment qui me donnait envie de l'extirper de sa niche une fois pour toutes. Mais rejeter cet enfant qui m'avait été fait par James m'apparaissait comme la pire des trahisons et mon amour pour cet homme qui m'aimait tant me laissait entrevoir la possibilité d'aimer son enfant. Ce terrible tiraillement dura des jours sans que je n'ose en parler. Mes nuits, occupées à faire pipi et à marcher sans arrêt dans la maison, étaient en train de me rendre folle. Souvent, je m'installais près de James et je le regardais dormir. Un soir, de l'image paisible de son visage endormi apparut celle de notre enfant. Cela me fit penser aux dessins cachés que l'on découvre en fixant obstinément les nuages. Mais pourquoi eut-il fallu que cet enfant lui ressemblât? La réponse me tomba dessus, sec comme le couperet d'une guillotine. Cet enfant devait ressembler à James pour qu'il ne me ressemblât pas; pour que mon sang, liquide visqueux que ma mère un jour m'infusa, ne passât jamais dans d'autres veines. Venin de vipère auquel j'avais heureusement trouvé un antidote, mais que la génétique se chargerait sûrement de ramener dans les veines de mon enfant.

Une nuit, James se réveilla, étonné de me voir assise à côté de lui à le regarder dormir; bouleversé de me voir pleurer.

- Florence, ma petite Florence, regarde dans quel état tu es. Viens dans mes bras. Comme ça. Laisse-moi caresser ton ventre.

- Mon ventre, mon ventre, je n'en peux plus de mon ventre!

- Si notre enfant ne trouve pas sa place dans ta vie, il faut le dire. Maintenant. Après il sera trop tard, pour nous trois.

- L'idée d'avoir un enfant ravive tant de souvenirs que j'ai envie de vomir. Je ne suis pas normale, James. Je suis la fille d'une mère anormale. Ah! si tu l'avais connue!

- Ce que ta mère t'a donné, enlevé, volé, voilà autant de munitions qui t'ont servi à devenir ce que tu es. Avec talent, tu as su inventer, créer l'amour manquant. Tu es une artiste de la vie, Florence.

- Mais comment ferai-je pour être une bonne mère? Trop d'enfants sont entre les mains de mères inaptes. Je n'ai jamais voulu d'enfant. Quand j'avais douze ans, tu sais ce que je rêvais de devenir? Pas une maîtresse d'école. Pas une infirmière. Ni une maman. Non. Une pute. Une jolie pute qui aurait su séduire tous les hommes. Une sacrée pute qui aurait su mieux que quiconque faire mourir sa mère de honte.

- Tu sais, il y a une fille dans toutes les femmes...

- ...et un mac dans tous les mecs! Et je t'ai parlé du rêve que je faisais quand j'étais adolescente? Je rêvais que je faisais l'amour devant ma mère: elle était là, debout au bout du lit, et elle regardait! Et elle pleurait. Et elle criait. Et moi je lui souriais. Ce rêve récurrent cessa le jour où je quittai la maison pour aller vivre seule, loin de ces saintes femmes. Aujourd'hui, cet enfant m'oblige à retourner d'où je viens. Moi qui ai toujours refusé de faire mon nid dans cet arbre généalogique pourri jusqu'au cœur, je ne peux accepter l'asile qui m'y est offert.

- Un homme et une femme amoureux qui font un enfant sont plus forts que tous leurs mauvais souvenirs réunis.

- Mais d'où te viennent cette force et cette sagesse? Ne te sens-tu jamais dépossédé, désarmé, à bout de souffle? D'où viens-tu, James?

- Est-ce si important de savoir d'où l'on vient! Désormais, je suis d'ici. Ma vie, du moins ce qui en reste, j'ai choisi de la vivre avec toi. Tu es la première femme à qui je fais un enfant. Et je t'aime.

Et il posa amoureusement sa main sur mon ventre.

Épuisée, je m'endormis comme une petite fille à qui l'on vient de raconter un conte de fées en escamotant tous les passages où la méchante sorcière fait ses mauvais coups!

Quelques jours plus tard, James reçut une lettre de son frère l'invitant à venir passer une semaine chez lui au New Jersey. Ils ne s'étaient pas vus depuis plus d'un an. Ce départ fit mon affaire. Cela me permettrait d'y voir clair.

James me fit jurer de laisser les choses suivre leur cours et de ne prendre aucune décision pendant son absence.

- Garde-le jusqu'à mon retour, m'avait-il dit en caressant mon ventre. Prends soin de toi, mon amour. Je te téléphone dès que j'arrive chez Walter. *Love you!*

J'attendis de voir décoller son avion. Et puisque j'avais promis à James de laisser les choses suivre leur cours, je me rendis à l'hôpital pour passer ma première échographie.

Merde! j'ai oublié de boire les huit verres d'eau réglementaires!

Je me précipitai à la cafétéria de l'hôpital où j'ingurgitai presque une bouteille d'eau. Au secours!

Contrairement à toutes les femmes enceintes qui suivent à la loupe chacune des étapes de leur grossesse, j'ignorais ce qui allait se passer.

J'étais couchée sur le dos. Autour de moi, des écrans, des fils, des lumières. J'avais l'impression d'être dans le *cockpit* d'une fusée prête à décoller pour la Lune! Et voilà qu'une souris se mit à trottiner sur mon ventre qu'on avait pris soin d'enduire d'une gelée froide et collante.

- J'ai envie de faire pipi!

- Ce ne sera pas long, madame. Regardez. Regardez sur l'écran. On le voit. Là, sa tête. Et là, ce petit point qui bouge, c'est son cœur...

Je n'osais pas regarder l'écran. Je n'ai pas l'habitude de regarder la télé à cette heure-ci de la journée.

Et du coin de l'œil je vis un membre qui bougeait. Un bras? Ciel! il suce son pouce! Ce programme n'est pas pour moi! J'ai chaud. Puis il y a cette table. Inconfortable. Des jambes? Pas tout à fait terminées. Bien au chaud dans sa bulle, ce petit être d'à peine quelques centimètres avait l'air d'une crevette flottant innocemment au plein cœur de moi. Puis mon regard croisa un œil...

- J'en ai assez vu. Je dois rentrer. J'ai un rendez-vous important.

Perplexe, l'infirmière termina son travail et me laissa partir. Quelle drôle de femme étais-je! Quelle drôle de mère serais-je!

Honteuse d'avoir ainsi réagi, je rentrai chez moi encore plus mal en point. Cette rencontre du troisième type n'avait fait que brouiller mes cartes.

Il devrait être défendu de rencontrer l'enfant dont on n'accouchera pas.

Je ne revis jamais James. Il mourut avec son frère dans un accident d'auto sur l'autoroute les menant de l'aéroport au centre-ville de Princeton.

La semaine suivant sa mort, quoique j'eusse dépassé la date limite, je me fis avorter. La seule chose que je gardai de James fut son manuscrit.

*- d*is-moi, Agathe, que sais-tu de notre père? Pourquoi tant de mystère?

- Papa?

- Oui, papa, si tu préfères.

  Papa: un mot que je connais à peine. Il me sied si peu que je l'emploie avec gêne. Il en est ainsi du mot *maman*. Des mots tabous, qu'on prononce du bout des lèvres, mais qui vont droit au cœur. Les mots ne sont jamais innocents. Ils sont porteurs de vie, de souvenirs. Portes ouvertes sur des blessures qu'on croyait guéries.

  Elle renifle. Essuie ses yeux.

- Il est mort quand tu avais six ans.

- Oui, oui. Je sais aussi que je m'appelle Florence.

- Il travaillait à la ville. Il était fonctionnaire.

  Je crie.

- Agathe! cesse ton manège! Je veux savoir qui était mon père. Pas la taille de ses souliers! Regarde cette photo.

Regarde-la bien. Est-ce que tu vas me dire que c'est la photo de gens heureux? Pourquoi tant de silence depuis tant d'années? Réponds!

- Florence. Non. Il ne faut pas reparler de ces choses qu'on a eu tant de mal à oublier.

- Tant de mal à cacher.

- Ce fut si difficile à vivre pour maman et pour moi. Toi, tu étais petite. On a fait ce qu'il fallait pour t'épargner.

Ah! ce vocabulaire. N'en mettez plus. La cour est pleine.

- Alors aujourd'hui, tu vas me les dire, ces vérités pas toutes bonnes à dire. Et je les veux toutes, tu m'entends, toutes!

- C'est de l'histoire ancienne. On est des adultes maintenant. On a notre vie. Ça ne nous touche plus. Alors pourquoi ?

- Parle!

Mon cri lui a fait peur. Elle me regarde, l'air ahuri. Sur la table, ses mains tremblent un peu et sur ses joues s'étale un flot de larmes qui entraîne au passage mascara, fond de teint et rouge à lèvres. Envahie par le trac, la peur et l'angoisse, Agathe respire mal et blêmit à vue d'œil. Je la fixe obstinément et mon regard la tue à petits feux. Il faut absolument que j'arrive à la maintenir dans cet état de déséquilibre assez longtemps pour que, à bout de forces, elle se livre corps et âme. Mais elle a de l'endurance, ma sœur. Elle peut tenir encore longtemps. J'ai chaud et, par moments, je sens que la cuisine tangue. Mais il me suffit de regarder dehors, de fixer la clôture blanche qui entoure la cour ensoleillée, pour arriver à corriger ce léger décalage qui fait penser aux dodelinements des premiers pas d'un marin sur terre après deux mois passés en mer. À voir Agathe ainsi gémir, j'ai des haut-le-cœur. Et plus je la regarde, moins j'arrive à croire à ce qui se passe dans cette cuisine aujourd'hui. Et si je rêvais? Tout ça n'est que du mélo: une pauvre femme de quarante-huit ans qui chiâle au fond de sa cuisine devant sa sœur qui aurait préféré s'envoler pour le Portugal ce matin. Ou la Californie?

- Parle!

Elle se lève brutalement; la bouteille d'eau se répand sur la céramique en un grandiose *splash* qui s'en va rebondir jusqu'à l'autre bout de la cuisine. Agathe piétine dans cette mer translucide, y glisse, perd pied, se redresse avec force, perd pied à nouveau, titube en sanglotant, sanglots qui se changent rapidement en cris. La voilà qui bascule. Elle se retrouve par terre, près du frigo. Recroquevillée, elle martèle le plancher de ses poings qui, au bout de quelques minutes, ressemblent à ceux d'un lutteur: rouges, bleus, mais encore capables d'une force extraordinaire. Elle déblatère, dit n'importe quoi, des mots hurlés qui n'ont aucun sens.

- Va-t'en. Sors d'ici. Vicieuse, putain, catin, fille à papa. Je ne veux plus te voir, jamais, tu m'entends, jamais...

Telle une épileptique, elle se tortille sur le plancher en des spasmes d'une violence extrême. Elle souffre. Et elle crie:

- Tu ne sauras rien, tu ne sauras rien. Personne ne saura rien, jamais. J'ai promis, j'ai juré!

Et puis un enchaînement de NON qui n'en finit plus.

Décoiffée, le visage taché de larmes, de morve et de bave, Agathe a l'air d'une folle à lier. Couchée en chien de fusil, elle se tord, se pâme en un mouvement de va-et-vient, balayant de ses jambes le plancher mouillé. Elle me fait honte, ma sorcière de sœur. C'est elle qu'il faudrait exorciser; c'est elle qui devrait mourir sur le bûcher. Puis elle tente désespérément de se lever et retombe dans ses flaques tout en hurlant de plus belle. Assise à ma place, le cadre entre les mains, j'ai peine à retenir mon envie de lui sauter dessus et de la battre jusqu'à ce qu'elle crève. Mais ce serait lui rendre un trop grand service. Mourir sans avoir tout dit. Non. Il faut qu'elle aille jusqu'au bout.

Effrayée de l'épouvante qui s'est installée dans cette cuisine blanche et rouge sur le point de virer au noir, j'ai envie de partir. Il faut que je sorte de cette maison, tout de suite. Non. Rester. Être patiente.

Et quand elle aura terminé son manège, elle parlera. Alors je partirai. Pour toujours.

*L*a cuisine d'Agathe a perdu son allure printanière. Ma sœur, toujours vautrée sur son plancher froid, agonise, rend l'âme et les armes, signes avant-coureurs de terribles aveux?

- Alors, tu vas parler?

Calmement, Agathe ramène ses genoux vers son menton. On la croirait prête à retourner dans le ventre de sa mère.

- C'est maman. C'est elle.

Silence.

- C'est elle qui l'a fait.

Comme un fœtus, elle se berce lentement. Elle parle doucement. J'ai peine à entendre ce qu'elle dit. Sa voix, monocorde, semble réciter une leçon apprise par cœur depuis longtemps.

- C'est maman qui l'a fait, avec un couteau. Un grand couteau de cuisine avec un manche brun.

Je la regarde se bercer. Je vais tomber, m'évanouir. Hurler de rage. Puis tout en continuant de parler doucement, elle se met à vomir sur le plancher mouillé. Un mince filet jaune coule entre ses lèvres desséchées.

- Elle savait qu'il voyait cette femme depuis toujours. C'était sa maîtresse. Ils se donnaient rendez-vous dans le petit chalet que papa avait acheté...

- Celui de la photo?

Toujours couchée sur le plancher, elle fixe les pattes chromées de ma chaise.

- ...ce jour-là, maman m'a emmenée avec elle jusqu'au chalet. Moi, je suis restée dans l'auto.

Puis elle se met à pleurer, si fort qu'elle va exploser. C'en est trop, son pauvre corps souillé étalé sur le plancher. Mais il me faut attendre la suite en souhaitant que le cauchemar achève. Après un long gémissement, elle étire ses jambes sur le plancher. Sa respiration se fait plus régulière. J'ai soif. Je donnerais mon âme pour une cigarette, moi qui ne fume plus depuis vingt ans!

Agathe sort enfin de sa torpeur et réussit à s'asseoir par terre. Ses mains engluées de vomissure vont et viennent dans ses cheveux défaits. Maintenant, elle parle avec aplomb. Et elle ose me regarder.

- Comme tu es pâle, Florence!

Allez, parle! Ne me file pas entre les doigts encore une fois.

- Tu es restée dans l'auto?

- De quoi parles-tu?

Agathe est en état de choc. Sortie de ses transes, elle semble avoir oublié tout ce qu'elle vient de me dire.

- Agathe, tu me parlais de maman, du chalet, de papa et du couteau de cuisine, celui avec le manche brun...

La voilà qui retourne dans le passé. Elle se berce et, lentement, elle se laisse tomber sur le plancher pour reprendre sa position fœtale.

- Oui. Je suis restée dans l'auto. Maman, elle, est entrée dans le chalet. J'avais tellement peur. Ce jour-là, elle m'a terrifiée. Je me souviens...

Agathe se remet à pleurer doucement, comme une petite fille. On aurait envie de la prendre dans ses bras et de la bercer...

- Je me souviens de sa peau blême, de ses lèvres qui tremblaient et de ses yeux froids qui, ce jour-là, tiraient sur le jaune...

Je n'ai plus envie de tuer ma sœur. Mais comme je voudrais pouvoir ressusciter ma mère, juste pour la voir crever. C'était elle la sorcière aux yeux jaunes, cette femme sans cœur qui a vendu son âme blanche et vide au diable.

- Elle était certaine qu'elle était avec lui. Mais il était seul. Alors elle l'a tué, avec le couteau qu'on a ramené à la maison. Je me souviens, on l'a fait bouillir dans un grand chaudron. Ensuite, elle l'a fait disparaître.

Par bribes, Agathe me raconte l'enquête de police qui n'a jamais abouti. Ma mère empocha les assurances, ce qui lui permit de bien vivre.

Agathe ne parle plus. Elle a fermé les yeux. Sur la table, la photo est maculée de larmes. Tiens, je n'avais pas pleuré depuis longtemps. Pas pleuré depuis la mort de James. Peu à peu, chacun des personnages de ce beau portrait de famille coule dans une mer salée que mon âme ne peut retenir plus longtemps. Une larme de plus et ça y est, mon père s'engouffre. Je n'arrive même plus à voir ses yeux. Il disparaît.

Mes hommes sont tous des salauds. Tous partis sans dire adieu.

Il faut que je sorte d'ici! Agathe, toujours couchée par terre, chantonne une berceuse. Il est midi moins quart. Dehors, le soleil est presque au zénith. Tiens! il n'y a plus de neige sous l'épinette bleue d'Agathe. C'est le printemps. Le temps est presque bon. Je fais quoi de ma journée, puis de ma vie? J'arrête au premier restaurant rencontré.

- Allô, Mathieu. C'est Flo. Dis donc, ton invitation, ça tient toujours? J'ai réussi à me libérer.

- Je suis en train de lire ton article dans *Le Temps*. Depuis quand écris-tu pour eux?

- Ah! c'est mon premier article. Ils m'avaient approchée l'an dernier, mais j'avais refusé.

- Refusé?

- Oui. Puis il y a quelques mois, j'ai changé d'avis.

- Bravo. C'est super!

- Tu es gentil. Tu peux m'en faire encore beaucoup des gentillesses de ce genre? J'en ai besoin aujourd'hui.

- Tu cesses de pleurer, je prends congé et on part pour les Cantons de l'Est. D'acc?

Mathieu va m'emmener voir le printemps, puis l'été aussi. Pourquoi pas? Et je sais qu'il ne me fera jamais d'enfant.

Pour le reste, la vie fera à sa tête. Comme toujours.

Achevé   Imprimerie
d'imprimer Gagné Ltée
au Canada Louiseville